LERÉIAS

Valdomiro Silveira (1873-1941)

LERÉIAS
(Histórias contadas por eles mesmos)

Valdomiro Silveira

Edição preparada por
ENID YATSUDA FREDERICO

wmf **martinsfontes**

SÃO PAULO 2007

Copyright © 2007, Livraria Martins Fontes Editora Ltda.,
São Paulo, para a presente edição.

1ª edição 2007

Acompanhamento editorial
Helena Guimarães Bittencourt
Revisões gráficas
Marisa Rosa Teixeira
Ana Maria de O. M. Barbosa
Dinarte Zorzanelli da Silva
Produção gráfica
Geraldo Alves
Paginação
Moacir Katsumi Matsusaki

Dados Internacionais de Catalogação na Publicação (CIP)
(Câmara Brasileira do Livro, SP, Brasil)

Silveira, Valdomiro
 Leréias : histórias contadas por eles mesmos / Valdomiro Silveira ; edição preparada por Enid Yatsuda Frederico. – São Paulo : WMF Martins Fontes, 2007. – (Contistas e cronistas do Brasil)

 Bibliografia.
 ISBN 978-85-60156-30-6

 1. Contos brasileiros 2. Crônicas brasileiras I. Frederico, Enid Yatsuda. II. Título. III. Série.

07-0660   CDD-869.93

Índices para catálogo sistemático:
1. Contos : Literatura brasileira 869.93
2. Crônicas : Literatura brasileira 869.93

Todos os direitos desta edição reservados à
Livraria Martins Fontes Editora Ltda.
Rua Conselheiro Ramalho, 330 01325-000 São Paulo SP Brasil
Tel. (11) 3241.3677 Fax (11) 3101.1042
e-mail: info@martinsfontes.com.br http://www.martinsfontes.com.br

COLEÇÃO
"CONTISTAS E CRONISTAS DO BRASIL"

Vol. XIV – Valdomiro Silveira

Esta coleção tem por objetivo resgatar obras de autores representativos da crônica e do conto brasileiros, além de propor ao leitor obras-mestras desse gênero. Preparados e apresentados por respeitados especialistas em nossa literatura, os volumes que a constituem tomam sempre como base as melhores edições de cada obra.

Coordenador da coleção, Eduardo Brandão é tradutor de literatura e ciências humanas.

Enid Yatsuda Frederico, que preparou o presente volume, é mestra em Teoria Literária pela Unicamp e doutora em Literatura Brasileira pela USP. Sempre se dedicou a pesquisas sobre a literatura regionalista. Sua dissertação de mestrado versou sobre *Leréias (histórias contadas por eles mesmos)*. Publicou diversos artigos sobre a cultura caipira e a literatura regionalista. Lecionou durante muitos anos na Unicamp, onde se aposentou em 1997.

ÍNDICE

Introdução IX
Cronologia XXXIX
Nota sobre a presente edição XLV

LERÉIAS

Pedaço de cumbersa 3
Cobra mandada 11
Na ilha da Moela 21
A consulta do Lau 27
Do pala aberto 37
Visão 43
Na folha-larga 51
Cantador 57
Sonharada 65
No escuro da noite 73
Mau costume 81
A pantasma 87
Ciumada 93

Ué! 101
Tal e qual 109
Força escondida 119
Coração à larga 127
Bruto canela! 135
Ao correr das águas 149
Violento 157
Enredos 165
Com Deus e as almas 171
Resignado 179
Aquela tarde turva... 183

Vocabulário 199

INTRODUÇÃO

"E sou, eu próprio, um legítimo caboclo", costumava afirmar Valdomiro Silveira, apontando uma das razões que o levaram a usar o dialeto caipira em sua literatura.

De fato, o autor era paulista e descendente de bandeirante. Valdomiro Silveira nasceu em 1873, em Senhor Bom Jesus da Cachoeira, hoje Cachoeira Paulista, no vale do Paraíba, mas mudou-se ainda criancinha para São Paulo, onde seu pai fora estudar Direito. Depois, aos oito anos, muda-se de novo, acompanhando a família, uma vez que o pai, formado, passa a exercer a promotoria pública em Casa Branca. É aí onde aprende o dialeto que usará mais tarde e ainda publica, no *Bem Público*, seu soneto de estréia, "A estátua". Mais tarde, bacharel em Direito, qual o pai, segue como promotor público para Santa Cruz do Rio Pardo, onde continuou seu aprendizado do dialeto caipira, agora anotando sistematicamente os termos e expressões colhidos em audiências, "funções", "pagodes" e "assustados" que freqüentava, unicamente para este fim. É ainda em Santa Cruz onde escreve seus primeiros contos regionalistas, publicando-os em jornais do Rio e São Paulo. Volta a Casa Branca, onde seu pai abrira um escritório de advocacia, e de lá segue para São Paulo. Casado, muda-se para Santos, sua cidade de adoção, onde advogou e participou ardorosamente da Revolução Constitucionalista através do rádio e da imprensa. Faleceu em 3 de junho de 1941.

Quanto à sua primeira publicação regionalista, muito já se escreveu, num verdadeiro emaranhado de datas e títulos. Agenor Silveira, no prefácio à 1ª edição de *Os caboclos*, reivindica para o irmão Valdomiro o título de "criador da literatura regional no Brasil"[1], já que este teria publicado o conto "O rabicho", em 1891, no *Diário Popular de S. Paulo*. A reclamação tem lugar por conta das atribuições do mesmo título a Afonso Arinos. Houve, porém, no texto de Agenor, um erro tipográfico na data, 1891, quando deveria ser 13 de setembro de 1894. Desse modo, estabelece-se a confusão, já que Afonso Arinos sub-

---

1. Carta de Agenor Silveira a Monteiro Lobato, quando da publicação de *Os caboclos*. *Apud* GONÇALVES, Júnia Silveira. "Notas biográficas sobre Valdomiro Silveira". *In*: SILVEIRA, Valdomiro. *Leréias (histórias contadas por eles mesmos)*, 2ª ed. Rio de Janeiro/Brasília: Civilização Brasileira/INL-MEC, 1975.

metera o conto "A esteireira" a um concurso literário da *Gazeta de Notícias*, em abril de 1894, e provavelmente o tenha publicado no mesmo ano, no mesmo jornal. Fosse isso, o título caberia inegavelmente, por questão de meses, a Afonso Arinos. Mas o *imbroglio* não pára aí, uma vez que pesquisas da filha de Valdomiro, Júnia, localizaram outros contos anteriores a "O rabicho": "Vingança", publicado no *Correio Paulistano*, em 17 de janeiro de 1894; "Primeira queda", no *Diário da Tarde*, em 10 de fevereiro de 1894"; e "Amor na tulha", também no *Correio Paulistano*, em 18 de fevereiro de 1894[2]. Parece, então, que o título voltaria a Valdomiro Silveira. O curioso é que, sabe-se lá por que motivos, quando entrevistado por Silveira Peixoto, para *Vamos Ler!*, em março de 1939, o próprio Valdomiro Silveira não cita esses três contos. A hipótese levantada é que talvez o autor não os considerasse suficientemente regionalistas para serem tidos como tais. Numa entrevista, ele diz que as primeiras tentativas "são, em geral, muito boas para ... deixar de lado" e pede licença para não falar delas: "Permita-me que deixe em prudente silêncio as tais primeiras tentativas."

---

2. Cf. RAMOS, Péricles Eugênio da Silva. "Valdomiro Silveira e as origens do regionalismo sertanejo em nossa ficção". *In*: SILVEIRA, Valdomiro. *Nas serras e nas furnas*. Rio de Janeiro/Brasília: Civilização Brasileira/INL-MEC, 1975.

Esses primeiros contos, como seria de se esperar, narram casos ocorridos no sertão, mas ainda escritos em norma culta, sem o uso do dialeto. Já "O rabicho" é um conto com evidentes características regionalistas, uma vez que há a preocupação de pintar o homem nas suas relações com a paisagem local e fornecer as características culturais da região. Na curta narrativa, a intenção de fixar a paisagem sobrepõe-se ao enredo simples e pouco tensionado: a decisão de Renato da Mantiqueira, apaixonado (enrabichado, com "rabicho") por Anica, de raptá-la, uma vez que o pai se opunha ao casamento. É bom lembrar que "fugir" com a namorada, para forçar o casamento, era costume muito difundido no mundo caipira. Para marcar o ambiente rural, exibem-se a fauna e a flora, demonstrando que o autor possuía grande conhecimento de pássaros: piris, tabuas, sacis, araúna, suindara; assim como da vegetação: guaricanga, angico, andá-açu, maçambará, jatobá etc.

Querelas à parte – e foram vários os envolvidos, como Edgar Cavalheiro, Ronald de Carvalho, Agenor Silveira, Herman Lima e Wilson Louzada, nessa discussão sobre o criador da literatura regional –, mais importante é perceber que uma mesma idéia movia os escritores de diversos estados – Valdomiro Silveira e Monteiro Lobato, de São Paulo; Afonso Arinos, de Minas

Gerais; Simões Lopes Neto, do Rio Grande do Sul, Hugo de Carvalho Ramos, de Goiás, e outros – na mesma direção: produzir uma literatura que caminhasse na contramão do francesismo dominante. É possível medir o alcance do domínio da cultura francesa entre nós, até mesmo a partir de um depoimento de João Luso sobre a austeridade de Valdomiro Silveira, que se recusa a ir com a turma da faculdade de Direito a um cabaré que fazia sucesso por aquela época. Conta aquele que, por volta de 1895, voltara Benjamin Motta de Paris, "com a mala e o cérebro repletos de coisas de Montmartre, poemas decadistas, panfletos libertários, canções de Bruant" e, à maneira do célebre cabaré parisiense, *Le chat noir*, fundou o *Sapo Morto*. Motta, vestindo-se do mesmo modo como Lautrec pintou Bruant em *Ambassadeurs*,

> ... de blusa azul, botas altas, chapeirão arremessado à frente, lenço vermelho ao pescoço, entoava os números então famosos, em que se ouviam mineiros no fundo negro das galerias, rufiões encarcerados, meretrizes no hospital, soldados da Legião Estrangeira sucumbindo ao calor e às febres de África... Havia estribilhos impostos à assistência, frases insultuosas para serem lançadas de todas as bocas que viessem entrando. As mesas do "Sapo Morto" foram, ao cabo de uma semana, triplicadas e muita gente fazia coro em pé. Os poetas moços rabiscavam ali mesmo, so-

bre o joelho, monólogos picantes, epigramas, a propósitos literários ou políticos, além da letra das canções a que os jovens compositores logo acrescentavam a música. Tudo à maneira de Bruant.[3]

Como se vê, o clima decadentista nos meios intelectuais ainda imperava, mas, ao lado disso, já havia muitos que pensavam numa arte nacional em moldes realistas. Sem dúvida alguma, o estímulo maior veio do desvendamento surpreendente, realizado por Euclides da Cunha[4], de um Brasil que não se pautava pela Rua do Ouvidor, onde se exibia a última moda parisiense.Tratava-se agora de revelar as "verdades" do seu rincão, fossem elas quais fossem: rudes, violentas, chocantes até. Por isso, Afonso Arinos, quando acusado por um crítico que considerou inverossímil e por demais violenta a cena do assassinato da rival no conto "A esteireira", irrita-se, afirmando: "Já de antemão juro que Joaquim Alves desconhece o sertão, seus homens, seus

---

3. LUSO, João. "Dominicais". Folhetim do *Jornal do Comércio*. Rio de Janeiro, 8/6/1941.
4. Valdomiro Silveira era amigo de Euclides da Cunha e estreitaram as relações quando este último construía a ponte de São José do Rio Pardo. Consta que periodicamente ele e Francisco de Escobar eram convocados a ir de Casa Branca a São José para ouvir a leitura dos capítulos de *Os sertões*, que estava sendo escrito.

costumes"⁵, para, em seguida, argumentar em prol de uma literatura de cunho nacional:

> Como, pois, havemos nós, povo novel, cheio de aptidão artística, consentir que a arte brasileira, recém-nascida à coesão do sentimento autonômico, se sirva de formas peregrinas, quando lhe devemos imprimir o cunho propriamente nacional?

Como Arinos, havia toda uma nova geração interessada em discutir os rumos do país, tomando como eixo a questão que se punha no momento: atraso ou progresso, civilização ou barbárie. E não era para menos, uma vez que com a recém-proclamada República as províncias, especialmente Minas e São Paulo, obtiveram maior autonomia, e conseqüente fortalecimento das oligarquias.

Não é por acaso, pois, que essas vozes eram emitidas a partir das províncias mais fortes da federação: São Paulo, com o café; Minas Gerais, com a produção de leite, e Rio Grande do Sul, com a exportação de couro e o abastecimento do mercado interno com o charque.

---

5. Cf. ARINOS, Afonso. "Nacionalização da arte". *In*: *Obra completa* (org. Afrânio Coutinho). Rio de Janeiro/GB: MEC, Conselho Federal de Cultura, 1969; e GALVÃO, Walnice Nogueira. "Introdução". *In*: ARINOS, Afonso. *Contos*. São Paulo: Martins Fontes, 2006.

Mas, era São Paulo o pólo dinâmico da nação naqueles tempos: em 1907, a metade do café do mundo era ali cultivada. Nesse quadro, pode-se entender o orgulho com que Valdomiro Silveira diz: "sou legítimo caboclo", ou Afonso Arinos: "nasci no sertão".

Pouco antes, ter nascido no sertão era vergonha a ser escondida sob roupas, modos e linguajar franceses; agora é motivo de orgulho. A esses, filhos dos fazendeiros, urbanos, mas que passaram parte de suas vidas na zona rural, cabe a tarefa de revelar o seu sertão, porém "cientificamente", isto é, não mais o idealizando, como ocorrera com os românticos, mas descrevendo-o com suas verdades, ainda que cruéis, como mandavam as normas estéticas em vigor.

Valdomiro Silveira torna-se conhecido com *Os caboclos* (1920), editado pela Monteiro Lobato & Cia., que reúne contos escritos entre 1897 e 1906, tendo sido boa parte deles publicada no jornal *O Estado de S. Paulo*. É bem acolhido pela crítica que louva o seu brasileirismo e sua representação fiel à paisagem, ao homem e aos costumes regionais. Sílvio Floreal, por exemplo, em artigo no *Comércio de Campinas*, de 25/1/1921, diz que *Os caboclos* é "um livro medularmente brasileiro e genuinamente paulista". Mais do que isso, porém, o crítico observou que o autor

Tratou da vida dos caboclos, sem ódio e rancor. Descreveu-lhes a vida, em toda a sua rusticidade e a alma em todos os anseios, na sua esplêndida e brutal realidade sem ridicularizá-los e diminuí-los naquilo que são.

Fez, além de obra flagrante de verdade, profundamente humana! Os seus personagens quando falam, falam como pensam e nunca falam como pensa o escritor...[6]

Sílvio Floreal toca no calcanhar-de-aquiles da obra regionalista – a representação escrita da fala dialetal da personagem, que não raro tem-se prestado à inferiorização de quem a usa, tornando-a risível e ridícula.

É bom lembrar que o caipira, desde os primeiros viajantes[7], mas principalmente naquela época ainda dominada pelas teorias raciais (segundo as quais o mestiço herdava o que havia de

---

6. FLOREAL, Sílvio. "Os caboclos". *Comércio de Campinas*, 25/1/1921.

7. Saint-Hilaire assim se refere a eles: "Desde Vila Boa até o Rio das Pedras eu tive diante de mim uma centena de exemplos de homens indolentes e estúpidos como esse. Essa gente, embrutecida pela ignorância, pela ociosidade, pelo isolamento em que se acha de seus semelhantes e provavelmente pelo gozo de prazeres prematuros, não pensa em nada, apenas vegeta como as árvores ou o capim dos campos. [...] Podemos acrescentar ainda que à indolência desses homens se juntam, de um modo geral, a palermice e a impolidez." SAINT-HILAIRE, Auguste de. *Viagem à Província de São Paulo*, Belo Horizonte/São Paulo: Itatiaia/Edusp, 1976.

pior das duas raças – e o caipira, em sua maioria, resultava da miscigenação de índio e branco), era estigmatizado de preguiçoso, velhaco e até mesmo portador de certa deficiência mental, além de possuir violentos instintos primitivos. Também é necessário lembrar que Monteiro Lobato publicara *Urupês* em 1918, com estrondoso sucesso, contendo os artigos "Velha praga" e "Urupês", criticando o caipira tradicional. Tais artigos foram a semente de *Jeca Tatu*, que seria publicado em 1924. Malvisto, talvez por não se submeter à ordem necessária à produção capitalista, o caipira, principalmente quando comparado aos imigrantes estrangeiros, era considerado um entrave ao progresso, uma "quantidade negativa", para usar uma expressão de Lobato, um adepto da lei do mínimo esforço, um preguiçoso, enfim.

Não é assim que Valdomiro Silveira vê o caipira. Seus contos o colhem sempre em meio à lida, imerso no universo a que pertence: a cultura caipira, na qual o tempo é marcado sazonalmente e onde, assim como na natureza à chuva segue-se o estio, também ao trabalho segue-se o lazer, não havendo propriamente divisão entre um e outro. É isso que Sílvio Floreal capta desde o primeiro livro publicado e é nisso que Cassiano Nunes bem repara em seu estudo crítico:

> O carinhoso estudo dos caipiras, da cultura caipira, acho melhor escrever, foi encargo que se

atribuiu e, ao contrário do que em geral se julga, ele se impõe menos como pesquisador do dialeto do que como poeta solidário *doublé* de antropólogo amador, que não visou um regionalismo "sorriso da sociedade", o que seria o regionalismo *tout court*, mas uma obra de brasileiro mais ambicioso, um caleidocópio, um microcosmo literário, em que a vida caipira, na sua integralidade, aparece, tanto quanto possível, através da apresentação de numerosas imagens, diversas, mas todas unificadas por um mesmo alvo: a revelação do Homem, através da circunstancialidade cabocla.[8]

Foram muitos os que perceberam na literatura de Valdomiro Silveira esse foco no homem caipira. O autor ultrapassa o simplesmente pitoresco em seus escritos e, mais ainda, faz com que o retrato de uma região, com seus usos e costumes, contido no projeto realista-naturalista, ceda lugar à representação dos dramas humanos. Seus contos, quase todos, são histórias que versam sobre as mil faces do amor, desde os mais ingênuos até os mais trágicos, acontecendo em meio a cenários e costumes caipiras, mas com ênfase na subjetividade da persona-

---

8. NUNES, Cassiano. "Valdomiro Silveira: um sistema de delicadeza". *In*: SILVEIRA, Valdomiro. *Mixuangos: contos*. 2ª ed. Rio de Janeiro/Brasília: Civilização Brasileira/MEC-INL, 1975.

gem. É bom lembrar que o caipira dos contos de Valdomiro Silveira é o pobre que conta apenas com o "talento os braços" e um pedaço de terra, a posse livre, explorando-a com técnica rudimentar e instrumentos primitivos, com a ajuda da família.

Chama a atenção a linguagem utilizada. Numa entrevista concedida a Silveira Peixoto, para *Vamos Ler!*, em março de 1939, Valdomiro Silveira assim avalia *Os caboclos*:

> – Que é que acha, atualmente, de *Os caboclos?*
> – Acho-o bom. Acho-o, até, muito bom. Não porque seja um mimo de composição, ou acuse escritor de alta valia, mas porque é um livro de verdade e só de verdade. Nesse, como nos dois outros que lhe seguiram [*Mixuangos* e *Nas serras e nas furnas*], o vocábulo e a frase atribuídos aos caipiras são exclusivamente frase e vocábulo realmente usados por eles. Disquei-os [busquei-os?] na memória, apanhando-os em centenas de conversas, em pagodes e funções.[9]

Temos de relativizar a resposta do escritor. Sabemos da impossibilidade de reduzir a fala à escrita: a musicalidade, o ritmo, a pronúncia de determinados fonemas, a entoação, a ênfase, enfim, grande parte do que se refere ao ato falado nega-se à escrita comum e, por isso, o que

---

9. *Vamos Ler!*. Rio de Janeiro, 30/3/1939.

"parece" ser a mais fiel transcrição do falar caipira é, na verdade, uma seleção de traços que o autor supõe sejam os mais típicos do dialeto utilizado pelos indivíduos que quer representar.

Ao longo de nossa história literária, percebemos que muitos autores, na tentativa de reproduzir a fala caipira, selecionavam como traço apenas o léxico regional, que era introduzido cá e acolá no texto de registro culto e, ademais, colocavam o termo ou expressão entre aspas, como que para marcar a diferença: – vejam, quem fala assim e usa este termo é o caipira, e não eu! As aspas acabaram por tornar-se o símbolo das diferenças entre o narrador culto, pertencente a uma camada social superior, e o seu outro, a personagem rústica. Tirar as aspas foi um esforço tremendo: Afonso Arinos, por exemplo, optou por colocar a fala do vaqueiro "em forma sintática", temendo a ininteligibilidade do texto pelos leitores que, afinal de contas, eram urbanos e cultos. Outros, como Valdomiro Silveira, tiraram as aspas, mas usaram o glossário: a questão da inteligibilidade era e é real.

Quanto ao glossário preparado por Valdomiro Silveira (tirante o fato de que todo glossário é uma ferramenta um tanto tosca, que obriga a interrupções da leitura), certamente ele era suficiente na época da publicação de seus livros, quando a cultura caipira ainda cobria grandes extensões; hoje, com a explosão da urbanização e, por conseguinte, o esquecimento de um dialeto que outrora teve grande abrangência, não supre mais a carência do leitor. Dessa forma, como aparece em "Pedaço de cumbersa": "Você bem sabe que a veieira não roncando, o tatu não vem furtar mel", fica-se sem saber que "veieira", de largo uso outrora, corresponde a abelheira (colméia), já que não consta do glossário.

A seleção de traços do dialeto caipira, Valdomiro realiza-a com grande propriedade, uma vez que, de fato, passa-nos a "ilusão" de que se trata realmente da fala do caipira (e o é, em grande parte, porque Valdomiro é rigoroso na coleta de vocábulos e expressões: contribuiu com O *dialeto caipira*, do não menos rigoroso Amadeu Amaral, ainda hoje de grande valia para os dialetologistas). Acertadamente, o autor eliminou os usos que já se tinham alastrado por toda a pronúncia brasileira, como a mudança de /o/ em /u/, ou de /e/ em /i/ quando átonos – o chamado dialeto visual, que se tem prestado a textos humorísticos. Recorre às transformações fonéticas, preservando a musicalidade dos vocábulos: lebrina por neblina; bonilha por baunilha etc. e, no nível sintático, o dialeto acha-se bem representado, por exemplo, com a colocação de duas negativas contíguas, obrigatória na sintaxe do dialeto caipira: "ninguém não quer", ou com a construção de sabor arcaizante "não hai quem não saiba". É evidente a seleção operada pelo escritor, principalmente porque nem sempre se respeitam as alterações fonéticas: se o autor grafa "marvada", logo em seguida escreve "qualquer", em vez de "quarquer". Transparece, assim, um objetivo claro: constrói-se com o dialeto caipira um dialeto literário que busca, acima de tudo, apanhar a "poética da oralidade", no dizer de A. Bosi.

As marcas de oralidade estão muito presentes nos contos valdomirianos, passando-nos a impressão de que se trata realmente da reprodução da língua falada: as repetições, tão características da fala, aparecem: "Isso de *bicho grande, bicho feio, bicho esquisito*, não me espanta nem me dá curiosidade" ("Na ilha da Moela"); os marcadores conversacionais: "*E intão*, quando campeei a Alícia" ("A consulta do Lau"), "*Ai*, nem fale!" ("Visão"); os dêiticos de reforço: "vou fazer o meu empreito *lá* da outra banda do rio, *lá* da outra banda do morro" ("Resignado"). Esse aproveitamento da oralidade em sua literatura fez com que o crítico Péricles Eugênio da Silva Ramos reconhecesse a importância de Valdomiro Silveira para a deflagração do nosso Modernismo, visto que o uso do coloquial seria uma das bandeiras do citado movimento.

Nem tudo, entretanto, alcança o mesmo excelente nível de elaboração. Assim como os contos, considerados em sua totalidade, mantêm níveis diferenciados de interesse, seja pela profundidade psicológica de seus personagens, seja pelo assunto sobre o qual se discorre, também a elaboração do dialeto literário faz-se de modo irregular, embora se possa notar uma evolução. Em *Os caboclos*, sente-se ainda um travo de eruditismo, deixando muito clara a distância entre o falar culto do narrador e a fala dialetal das personagens. Veja-se, por exemplo, o início do conto "Pijuca", de *Os caboclos*:

> A Maria Espada saíra do pagode, sozinha como sempre, e como sempre sem que ninguém a visse, montara no pingo sâino, que era um relâmpago, e atravessava agora um campo nativo de barba-de-bode e lanceta, aonde chegava ainda, trazido pelo vento fresco da mata, o cheiro manso das coiranas em flor. Porque ia um pouco tocada, com a cabeça a pesar e os olhos ardentes, aquela frescura e aquele cheiro fizeram-lhe muito bem. A folgazona entusiasmada deu um chascão no freio, e falou vagarosamente, como se o cavalo, de súbito parado, estivesse a ouvi-la e a entendê-la:
> – Arre, diabo! Que eu a mó'que 'tou vestida de anjo! O sumo da cana é traiçoeiro, não hai quem não saiba: e o marvado do Anastácio inda enche a gente daquela fervida temperada com bage de bonilha! Despois, se a gente fica na tiaporanga e faz uma estripulia qualquer, aí ninguém não quer saber se foi a pinga que trepou e buliu no sentido, ou se não foi!

No primeiro parágrafo, o uso do pretérito mais que perfeito (saíra, montara), a inversão da ordem direta (Porque ia um pouco tocada...), com a antecipação da adverbial à oração principal; a estruturação em períodos longos, com orações subordinadas e até mesmo uma reduzida (o primeiro período contém nada menos que sete orações); a adjetivação em infinitivo, recendendo a Camões (cabeça a pesar) etc. – constituem usos que, definitivamente, estão longe dos hábitos lingüísticos populares. Segue-se a fala da personagem com um acúmulo de vocábulos, expressões e sintaxe típicos da fala caipira: "não hai quem...", "a mó' que", "fervida", "bage", "despois", "ninguém não quer" etc., ocasionando verdadeiro choque na passagem de uma fala a outra.

Já em *Leréias*, que, a partir da 2ª edição, traz na capa o subtítulo "Histórias contadas por eles mesmos", o autor encontra um expediente para evitar essa distância entre a fala culta do narrador e a dialetal da personagem, embora mantenha o uso do apóstrofo, indicativo de supressão de letra ou sílaba (Virge' por Virgem). Todas as vinte e quatro leréias (história complicada ou enrolada, fantasiada) que compõem o livro trazem como narrador o caipira.

Consciente de que o uso de tal técnica significava um salto qualitativo, Valdomiro Silveira, na mesma entrevista anteriormente citada, demonstra preferência por esta obra:

– Dentre seus livros, qual reputa o melhor?
– Para mim, realmente o melhor de todos é o que sairá dentro em breve – *Leréias*.
– Por quê?
– Porque, nele, cada narrador conta a sua ou a alheia história, por suas próprias palavras.

Inglês de Sousa, em "O gado do Valha-me Deus", um dos *Contos amazônicos* (1893), já utilizara essa técnica com grande apuro, mas é Valdomiro Silveira que a emprega de modo sistematizado. Vale ainda dizer que este procedimento se tornará famoso na composição *Grande sertão: veredas*, de Guimarães Rosa.

Assim, em *Leréias*, os contos se iniciam com o próprio caboclo tomando a palavra e anunciando, com a "sua" visão de mundo, o que se seguirá. Prescinde-se da presença de um outro, culto, que apresente o caipira e lhe arme o cenário onde se passará a história. Dessa forma, a paisagem emerge da própria história, fundindo-se melhor a ela. O interlocutor oculto, que, algumas vezes, pode até ser nomeado – Chico Zabé, Mané Dutra –, mas não tem voz, é tratado por vacê, vassuncê, você, vocês, seo doutor etc., podendo referir-se a um interlocutor imediato ou mesmo a nós, leitores.

Não é pouco o significado que Valdomiro Silveira alcança, ao ceder ao caipira o lugar que tradicionalmente lhe caberia, o de narrador. À primeira vista, salta aos olhos a homogeneidade do texto: nenhuma transição brusca na linguagem. Diretamente, sem intermediários, a voz dialetal do caipira soa aos ouvidos do leitor de maneira natural, contando os seus "causos", que podem ser de assombração, caçadas, ciúmes, traições, feitiçarias, crendices, queixumes etc., cabendo ao leitor unicamente ouvi-lo. Não é por acaso que o conto de abertura do livro, "Pedaço de cumbersa", termina com "Agora p'ra diante é que me aconteceu coisa inda mais pior...", deixando implícito o papel de ouvinte passivo do leitor, como se estivéssemos todos sentados ao redor do fogo, *locus* tracidional para se contarem os "causos". Mas o narrador não é sempre o mesmo: se este do primeiro conto é o amante traído, o de "Cobra mandada" é um crédulo, o de "Do pala aberto" é uma prostituta e assim por diante, o que permite a abertura de um grande leque de narradores-personagens e de situações.

Além disso, pode-se ler, incorporada nessa atitude literária de dar a voz ao caboclo, a recusa do autor a projetar um olhar superior sobre o pobre roceiro, a recusa à perspectiva alta, fornecida pela varanda da casa-grande. Dessa forma, o caipira deixa de ser mero objeto de estudo de um naturalista, e emerge em sua dimensão humana, como personagens de histórias vividas em meio à cultura caipira, que nos são passadas com respeito e dignidade. É isso que, de diversas maneiras, os críticos acertadamente observaram e registraram.

Alguns dos contos alcançam extraordinária qualidade literária, seja pelo lirismo, pelo trágico ou pelo dramático, vazados em grande elaboração formal. Mesmo aqueles que, digamos, são mais regionalistas, no sentido restrito do termo, isto é, cujo interesse mais imediato recai sobre a representação dos costumes típicos de uma região e as histórias ali correntes, como é o caso de "Na ilha da Moela", "Cobra mandada", "Visão" e "Violento", ainda assim há bons motivos para estudá-los, se os compreendemos dentro do tempo em que foram produzidos e do universo a que se referem. Poderíamos dizer que, se são escassas as razões estéticas, sobram as culturais para sua leitura, principalmente num país em que predomina o desenvolvimento desigual e combinado como o nosso: lado a lado, ou até uma dentro da outra, coexistem as formas mais modernas e as mais atrasadas, dependentes entre si.

Através dos contos de Valdomiro Silveira, emerge a cultura caipira em sua inteireza. Uma cultura que cobriu espaços imensos, encontrando-se suas origens no planalto paulista. Daí irradiou-se, ora perseguindo o ouro, ora o café, ou simplesmente acompanhando os tropeiros, para Minas Gerais, Goiás, Paraná, Mato Grosso, cobrindo boa parte desses estados.

Devido à grande disponibilidade de terras férteis e riquezas naturais, grupos das camadas inferiores da população rural disseminaram-se aqui e acolá, ocupando as franjas dos latifúndios, que podiam ser exploradas sem prejuízo econômico de seus proprietários. Ocupava-se o solo de maneira predatória, com a derrubada de matas e queimadas para a "fabricação do sítio". Na clareira aberta construíam-se as casas – ranchos de pau-a-pique – e dava-se início ao cultivo apenas do necessário à subsistência. O isolamento – as habitações ficavam distantes uma das outras e do comércio – foi outro traço fundamental, o qual, somado à cultura de subsistência, levou à construção de um sistema fechado, que se bastava a si mesmo, endogâmico e xenófobo. No trabalho com a lavoura, utilizavam-se as mesmas técnicas primitivas (a queimada, por exemplo), os mesmos instrumentos rudimentares: a foice, o bastão e a cavadeira, e cultivava-se, segundo Antonio Candido, "o que se pode chamar de triângulo básico da alimentação caipira": mandioca, milho e feijão. A alimentação era complementada através do que poderíamos chamar de diversão produtiva: a caça, a pesca e a coleta. Comemoravam-se os santos ou algum casamento com festas em que a música, a dança e a "branquinha" constituíam o grande centro de atenções: ocasião propícia para namoros, cenas de ciúme e violência. Nesse universo cultural *sui generis*, media-se o tempo usando como referência os fenômenos da natureza; criaturas fantásticas habitavam-no; curavam-se os males com uma medicina que mesclava fitoterapia, simpatias, orações e benzeções; praticava-se uma religião também eclética, misto de catolicismo e crendices. Enfim, tudo isso que constitui a cultura caipira emana da obra valdomiriana.

"Na ilha da Moela", por exemplo, exibe-se, através da fala de um caiçara "entendido em canoage'", um grande conhecimento das árvores da mata atlântica, apropriadas ou não ao feitio de canoas: é o guarandi, o guapiruvu, a timbuva, o cauvi etc., todas certamente hoje mais raras, principalmente nos lugares onde se passa a ação: em Santos (Ponta da Praia). Exibe-se também, orgulhosamente, o saber artesanal e o conhecimento do mar.

Em "Cobra mandada", narram-se os conflitos originados pela retirada de alguns cipós das terras do vizinho, por ignorância dos limites, já que os marcos se encontravam quase desfeitos: fato banal que não justificaria a proporção da violência desencadeada. A explicação talvez se encontre na citada característica mais importante da cultura caipira: fundada no mínimo necessário à sobrevivência. Por causa disso, pode haver uma "sobreposição de áreas de interesse": numa comunidade marcada pelo mínimo, disputa-se o mínimo, como constatou Maria Sylvia de

Carvalho Franco, ao estudar a violência na segunda metade do século XVIII, na região de Guaratinguetá[10]. Além de narrar sobre um conflito comum na cultura caipira, a solução para ele também se dá através de uma crendice corrente: a existência de pessoas capazes de enfeitiçar cobras e colocá-las a seu serviço. Esse projeto de representação fiel da realidade, entretanto, traz um problema de composição do conto: como o enfoque recai sobre o contexto cultural e como um dos traços marcantes da cultura caipira é a homogeneidade – as mesmas práticas agrícolas e festivas, a mesma alimentação etc. –, priorizando-se os costumes (sem diferenciações), a conseqüência é que as personagens também se tornam indiferenciadas, ocasionando uma verdadeira confusão: torna-se difícil acompanhar quem faz o quê a quem.

A maior parte dos contos de *Leréias*, entretanto, coloca em evidência os sentimentos do homem caipira, aguçados muitas vezes pela paisagem rural: o canto triste do tietê que faz o narrador lembrar-se de sua vida solitária ("Resignado"); uma bolha de ar na superfície da água que é comparada com o amor por Rosália – "apareceu por acauso, enfeitou-se c'o sol, desfez-se logo" ("Ao correr das águas") –; ou um tico-tico

---

10. FRANCO, Maria Sylvia de Carvalho. *Homens livres na ordem escravocrata*. 2ª ed. São Paulo: Ática, 1979.

que provoca emoções antigas – "O canto do tico-tico entrou dereito na minh'alm, buliu e remexeu lá dentro numa porção de coisas que eu quase não alembrava mais…"("Na folha-larga").

"Bruto canela!", "Pedaço de cumbersa", "Ciumada" e "No escuro da noite" têm como tema as traições, supostas ou confirmadas, e do castigo aplicado pelo traído: surra, tocaia ou briga de morte. Por trás dessas histórias de amor (e violência), entretanto, é possível fazer-se uma leitura de um universo cultural que se desestabiliza gradativamente, com a entrada do capitalismo no campo.

O primeiro deles, "Bruto canela!", faz, de maneira cristalina, referências à mudança dos valores até então vigentes na cultura caipira. Trata-se da história de um casal que vive em harmonia, até que o marido começa a desconfiar de que ela o trai com um rapaz que viera acompanhando uma amiga da mulher. Esses visitantes trazem as marcas da cidade: "o ronco de uma gasolina"; "um vidro de cheiro todo cheio de histórias"; "um pacote de balas de chocolate e licor". O isolamento geográfico e cultural (outra característica fundamental) em que se encontrava o bairro rural é invadido pela modernidade, atingindo a todos, mesmo aquele que vivia "apartado do mundo, como quem não se importa com o que acontece p'ra lá da sua cancha".

Embora o universo cultural caipira ainda se mantivesse coeso e sólido na virada do século XIX para o XX, Valdomiro Silveira já entrevia as fissuras ameaçando aquele mundo até então estável. Os sinais de mudança constituem uma das chaves com a qual podemos interpretar os contos. Neles deparamos com uma espécie de saudosismo antecipado pelo que poderia desaparecer em pouco tempo e um sentimento vago de desequilíbrio e insegurança. Talvez decorra daí a freqüência do tema ciúme; afinal, esse sentimento advém da insegurança em relação ao que se pensa possuir. O belo conto "Do pala aberto" pode ser lido como metáfora da degradação daquele mundo, que, pouco a pouco, é violentado e perde suas características, sem que seja possível deter a invasão. É a história de uma moça criada dentro das mais estritas e rígidas leis que regem aquela comunidade e que é violada por um "um moço dessas terras de longe". Temendo a reação do pai, ela foge e, ainda que resista, não consegue evitar a degradação: vai "resbalando e descendo, ver a ramada do guapé que solta na nascente dum riinho, vai correndo água abaixo, vai correndo até desembocar no rião, e vai, p'ro rião afora, até se desmanchar no mar velho".

Significativo e também metafórico dessa situação instável é o conto "Força escondida", cuja fábula é simples: um homem vive em harmonia com a mulher e o filho e, de repente, sem nenhum motivo, mata a esposa que dormia. Tenta o suicídio, mas é impedido pelo menino. Logo após, entrega-se à polícia. A trama, entretanto, organiza-se de modo a deixar patente o conteúdo trágico representado pelo desmoronamento de um mundo tido até então como eterno.

Apenas três personagens: o principal – que é também o narrador –, sua mulher e seu filho; um interlocutor a quem se relata o crime, o *vassuncê*, que, segundo Amadeu Amaral, é uma forma cerimoniosa de tratamento, ao contrário de *vacê* ou *vancê*, mais familiares. Esse tratamento pode referir-se a um ouvinte presente à enunciação do relato (poderia, por exemplo, tratar-se de uma projeção do próprio Valdomiro Silveira, por ter sido ele promotor e, como tal, certamente acostumado a ouvir esses "causos"), ou também referir-se ao leitor do conto.

Conto tradicional, inicia-se com uma introdução que abarca os dois primeiros parágrafos, os quais resumem os principais valores do homem e da mulher, consagrados pela cultura caipira: ele – trabalhador, honesto, sério, bom pai de família –, ela – boa dona de casa e boa mãe. As primeiras palavras deste conto já permitem uma interpretação que leva à ruptura do estável: "Eu tuda a vida fui um home'…" Na expressão "tuda a vida" está contida a idéia do "desde sempre". Segue-se, porém, um verbo no pretérito, "fui", indicando a fratura.

Prosseguindo a caracterização, o narrador-personagem faz seu auto-retrato, buscando em seu interior, "por dentro", as razões que poderiam tê-lo levado ao crime. Para isso, seu olhar dirige-se ao passado, e nessa tentativa de compreender o que acontecera recorta o tempo "inté naquele pedaço", valorando positivamente o antes. O narrador não percebe, mas o seu mundo estava, de fato, mudando. Note-se que, arrolando os motivos de sua estabilidade, ele diz: "a lavourinha não me desajudava, e inda por riba de tudo eu justava meus empreitos por fora". Falamos antes que a sociedade caipira tradicional era baseada na produção do mínimo para a subsistência, mas no tempo a que se refere o narrador já há necessidade de realizar empreitadas, ou seja, trabalhar para outrem, vender a força de trabalho. Porque não compreende o movimento mais global que, ao fim e ao cabo, o atinge, o narrador não percebe o princípio de seu fim: será afastado da natureza à qual se encontra integrado e, principalmente, será afastado dos meios de produção, transformando-se num proletário agrícola.

A transformação do modo de produção, entretanto, não se dá de forma brusca, igual e generalizada por toda a sociedade agrária e, no caso em análise, coexistem formas velhas e novas, a lavoura de subsistência e o empreito. A dualidade da situação penetra o interior da personagem, fazendo-o perder seu antigo referencial e, com ele, a identidade. O que lhe era familiar torna-se estranho; o que era claro adquire os tons esmaecidos daquele fim de tarde em que "o sol já ia, mergulha-não-mergulha, entre meio duas cacundas de morro". Duas cacundas de morro: duas ordens estranhas entre si vigorando ao mesmo tempo.

Vítima inconsciente dessas duas forças, Venancinho se cinde: é ele-mesmo, é ele-outro:

> a mó' que era uma força escondida que me empurrava o meu braço, porque eu tive essa corage' e o braço teve essa força...

De igual complexidade é a personagem do último conto de *Leréias* – "Aquela tarde turva..." – escrito em 1936, embora o livro só viesse a ser publicado em 1945, após a morte do autor, ocorrida em 1941.

O conto desenvolve-se a partir de uma resposta dada a um vancê, pressupondo a pergunta: – Por que você mora aqui sozinho? Na resposta, a história de uma vida, entremeada de reflexões, de alguém que já está "tordilho" e "vai beirando o fim de tudo". O narrador-personagem, João Sinhá, expõe a corriqueira história de um amor que não sobreviveu à separação imposta pela necessidade de trabalho. Do ponto de vista da composição, entretanto, a história deixa de pertencer somente ao narrador; pertence a todos, porque se trata de remexer o passado para se entender o presente, numa atitude de auto-reflexão: "E remexer no que passou, muitas vezes é pior do que lidar com sangue ou com barro de enxorrada..."

João Sinhá, não entende por que razão a amada, Vitória, não foi capaz de esperar por sua volta: seria o destino, já que "o que é de raça, caça"[11] (a mãe de Vitória levava vida desairada), conforme advertira a mãe do narrador? Narrar é presentificar o passado para, com isso, entender o processo de perda. Mas o passado retorna de maneira petrificada, através de provérbios e ditos, impedindo a compreensão do movimento das coisas, das mudanças; incompreensão que é marcada por signos referentes à semi-obscuridade: "turva", "cerração", "boca-da-noite", "luz meio-vedada", "pano pardo", "lebrina escurecendo os ares". Tudo que é sólido se desmancha no ar: assim também o mundo planejado por João Sinhá não será mais possível dentro da nova ordem: ele, "cafumango do mar", sobe a serra e vai para Garça, aceitando um empreito de plantio de café. E o café, como sabemos, significou, em última instância, a entrada efetiva do capitalismo no campo.

---

11. Forma reduzida de "Cão que é de raça, corre caça", equivalente a "filho de peixe, peixinho é".

Contos como "Força escondida", "Do pala aberto", "Aquela tarde turva..." e "A consulta do Lau", superiores em sua elaboração, provam que Valdomiro Silveira não era só um pesquisador do linguajar caipira (Amadeu Amaral dedica-lhe *O dialeto caipira*: "A Valdomiro Silveira, epígono da literatura regional em São Paulo"), preocupado em registrar tal fenômeno lingüístico. Provam também que *Leréias* não é apenas um livro de contos que tem o caipira como narrador, contando "a sua ou a alheia história". É tudo isso, porém, mais do que isso, esses contos provam que o autor, alma sensível que soube ver no caipira o homem, usou o dialeto para extravasar os sentimentos do caboclo frente à inevitável desagregação do mundo em que vivia.

ENID YATSUDA FREDERICO

CRONOLOGIA

1873. Nasce Valdomiro Silveira (11/11/1873), em Senhor Bom Jesus da Cachoeira, hoje Cachoeira Paulista, no vale do Paraíba, estado de São Paulo. Descendente do bandeirante Carlos Pedroso da Silveira, era filho de João Batista da Silveira e Cristina Carlinda de Oliver. Segundo filho de um total de oito, tinha duas irmãs (Joaninha e Hermínia) e cinco irmãos (Alarico, Agenor, Nestor, Breno e João). Pertenceu a uma das famílias brasileiras mais dedicadas às letras, na qual se destacam: Alarico Silveira, erudito e pesquisador; Agenor Silveira, poeta e filólogo; Breno Silveira, tradutor; Dinah Silveira de Queiroz, romancista, contista e cronista, como a irmã Helena Silveira; Miroel Silveira, contista e teatrólogo; Isa Silveira Leal, novelista; Cid Silveira, poeta; e Ênio Silveira, editor.

1874. A família Silveira – composta na época de pai, mãe e os dois primeiros filhos, Joaninha e Valdomiro – muda-se para São Paulo, onde o pai vai estudar Direito. O futuro escritor tem apenas dez meses.

1881. Formado, o pai assume a promotoria pública em Casa Branca. Valdomiro tem oito anos e inicia seu aprendizado da cultura caipira naquela pequena cidade. Na adolescência, lê incansavelmente os clássicos portugueses e começa a versejar. Em 3/8/1889, a *Gazeta do Povo* publica-lhe um soneto chamado "Desesperança".

1890. O escritor vai para São Paulo cursar Direito na Faculdade do Largo de S. Francisco.

1894. Publicação de "O rabicho", conto regionalista escrito em Casa Branca, no *Diário Popular*.

1895. Forma-se em Ciências Jurídicas e Sociais e é eleito orador da turma. É nomeado promotor público em Santa Cruz do Rio Pardo, para onde segue de imediato. Paralelamente ao exercício da promotoria, Valdomiro freqüenta pagodes, funções e assustados, visando à coleta de vocábulos e expressões do dialeto caipira. Estuda ornitologia e botânica. Continua publicando contos em periódicos do Rio de Janeiro e São Paulo.

1897-1904. A pedido da família, muda-se para Casa Branca, onde abre um escritório de advocacia, junto com o pai. Torna-se amigo de

Euclides da Cunha, que, na cidade vizinha de São José do Rio Pardo, reconstrói a ponte sobre o rio. Euclides, que está escrevendo *Os sertões*, chama Valdomiro Silveira e Francisco Escobar para, a cada capítulo terminado, ouvir a leitura e comentar. Valdomiro permanece pouco tempo em Casa Branca, porque se indispõe com o juiz de direito local. Volta a São Paulo e substitui Plínio Barreto no escritório que este formara com Armando Prado. Colabora com *O Estado de S. Paulo* e com o *Comércio de São Paulo*, publicando contos regionais.

1905. Casa-se em segundas núpcias com Maria Isabel Quartim de Moraes, a Júnia, como ele a chamava, por tê-la conhecido no mês de junho. Muda-se para Santos, onde começa a advogar no escritório quase falido de seu amigo Martim Francisco. De seu primeiro casamento (de que não se tem informações precisas) nasceram-lhe três filhos: Evandro, Meroveu e Alda.

1906-08. Nascem-lhe os dois primeiros filhos do segundo casamento: Júnia, em maio de 1906, e Valdo, em 1907.

1909. Torna-se o primeiro ocupante da cadeira de n? 29 da Academia Paulista de Letras e escolhe como patrono o poeta Paulo Eiró.

1910-19. Nascem os três outros filhos: Isabel, em 1910; Belkiss, em 1912, e Miroel, em 1914. Felizmente, graças ao imenso esforço de Valdomiro, aos poucos o escritório de advocacia ergue-se e a família consegue viver um pouco mais à larga. Em compensação, sobra-lhe pouco tempo para escrever. Durante esse período o escritor convive com Martins Fontes e Vicente de Carvalho, no chalé do Gonzaga. Torna-se referência intelectual na cidade de Santos e visita obrigatória de todos aqueles voltados à arte que por ali passavam. Assim, conhece pessoas como Coelho Neto, Rui Barbosa, Benedito Calixto e tantos outros.

1920. Publicação de *Os caboclos* (São Paulo, Revista do Brasil), livro que reúne contos escritos entre 1897 e 1906, exceto "Desespero de amor" (1915), escrito especialmente para a *Revista do Brasil*. O livro foi muito bem recebido pela crítica, merecendo várias resenhas e comentários. Uma 2ª edição foi feita pela Cia. Editora Nacional, em 1928; a 3ª (1962) e 4ª (1975) edições saíram pela Civilização Brasileira.

1931. Publicação de *Nas serras e nas furnas* (São Paulo, Cia. Editora Nacional). A 2ª edição ocorreu somente em 1975, numa co-edição entre a Civilização Brasileira e o Instituto Nacional do Livro /MEC.

1932. Valdomiro Silveira, que até então não se ocupara de política, torna-se uma liderança civil em Santos na Revolução Constitucionalista, manifestando-se pela imprensa e pelo rádio.

1933. Elege-se deputado federal pela "Chapa Única por São Paulo Unido", mas, a convite de Armando Sales de Oliveira, assume a Secretaria de Educação e Saúde Pública do Estado de São Paulo, renunciando à cadeira para a qual tinha sido eleito. Mais tarde, passa à Secretaria da Justiça e Segurança Pública, pedindo demissão algum tempo depois para exercer o mandato de deputado estadual na Assembléia Constituinte, cargo em que permanece até o golpe da ditadura em 1937.

1937. Publicação de *Mixuangos* (Rio de Janeiro, José Olympio). Assim como o livro anterior, a 2ª edição aconteceu pelo convênio entre a Civilização Brasileira e o Instituto Nacional do Livro, em 1975.

1941. O escritor falece em Santos, no dia 3 de junho. É enterrado no Cemitério do Paquetá, em São Vicente, no mesmo local onde estão os restos mortais de seus amigos Benedito Calixto, Martim Francisco e outros.

1945. Publicação *post-mortem* de *Leréias (histórias contadas por eles mesmos)* (São Paulo, Livraria Martins Editora). A 2ª edição deu-se pelo convênio entre a Civilização Brasileira e o Instituto Nacional do Livro, em 1975. Trata-se do livro preferido do autor, que não chegou a vê-lo impresso. Outras obras estariam planejadas para publicação, conforme anotações de sua filha Júnia: *Mucufos*, *Caçadores* e a novela sertaneja, *A sina de Nhara*, mas estas ainda não vieram à luz. Seriam ao todo sete volumes que condensariam o trabalho de cerca de trinta anos de Valdomiro Silveira.

NOTA SOBRE A PRESENTE EDIÇÃO

Pretendendo manter o texto o mais próximo possível do dialeto caipira, principalmente no que se refere à sua prosódia, optamos por manter os acentos em vogais abertas, quando em vocábulos que permitissem pronúncia fechada, como em devéra, véve, Antónho etc., e conservar o acento diferencial, como em pérca, p'r amór, lóquinha etc.

Já que a primeira edição – na qual nos baseamos – data de 1945, acompanhamos as reformas ortográficas ocorridas desde então.

LERÉIAS

PEDAÇO DE CUMBERSA

— É! cabocrinha entusiasmada! Quando ela punha os pés na rua, calçada c'uns sapatos rasos, trazendo ûas meias cor-de-rosa, vestida de vestido cor-de-rosa também, cheio de fofos – misericórdia! –, não havia cristão, por mais sério que fosse, que não pegasse a pensar no quanto havia de ser bonito aquele corpo anum. A gente principiava pelos pés e ia subindo (no pensamento, já se vê) inté o pescoço, parecido co'a manga meia madura, e ficava a mó' que tonta. A diaba da peste andava também dum jeito que por si só já era uma tentação: bambeava os quartos, como um monte de marmelada com muito açucre e pouco ponto, bulia co'a cabeça duma certa maneira, batia c'os braços de certo modo... home'! nem é bom lembrar!

Pois eu, apesar de ser filho de boa gente, fiquei uns tempos enrabichado pela tal. Não é de adimirar, 'tá visto; que um rapaz, que inda não egualou dereito, é mesmo que nem poldro novo, mal comparando: é ver criatura de saia, 'tá co'a cachola avariada. A morena morava ali p'r os lados da mina e vivia sempre asseiada e cuidada que dava gosto; na casa não havia nem um cisco de mésinha p'ra qualquer pinto comer, parava tudo varrido, feito um altar; as paredes, sempre cobertas de chita espanada e alegre, tinham santos e santas e quadros de guerra e moços e moças do tom. Um, como eu, passava na rua, olhava e apreciava aquilo; despois, vendo a dona da casa andar e falar e rir, não se esquecia mais do caminho e volta e meia 'tava remexendo por ali.

Andei campeando aberta de falar co'a morena, muitos dias: não achava furo, porque o Vito queria ser o dono dela, a todo custo; o Vito pousava lá, de manhãzinha saía, dava uns giros, mas, com poucas horas de osência, percurava a cancha outra vez. Ora eu nunca fui amigo de rixas, nem dúvidas; enjeitei muita briga boa, havia agora de querer uma briga dessas, do pé p'r'a mão, proviniente de arrasto de asa a ũa mulher que afinal vinha a ser das do pala aberto? Evitei o Vito quanto pude, mas porém a batedeira de coração já não me era pouca p'r amór de aquela perigosa. Um dia de domingo, sabendo eu que o Vito ia p'ra São Pedro e falhava, arriei meu pangaré, só de luxo, e fiz estrada no rumo da mina.

É vergonha dizer, contudo eu digo: quando me vi perto da moça, quando ela me pregou aqueles olhos tiranos, de lindos, senti ûa moleza nas curvas e por um pouquinho não caí. Preguntei se um rapaz, que não vivia no comércio, podia chegar na casa dela, e a cabocrinha foi-me dizendo que podia, pois não, p'ra prosa qualquer um podia chegar. Entrei, botei meu chapéu num canto, em riba do cabo de relho, sentei num tamborete e fui tirando um eito de cumbersa. Inté hoje me alembra que a voz da Carola era tal e qual a fala duma sabiá, sem ejagero nenhum.

Palavra puxa palavra, o negócio foi-se encarreando. Contei minha vida inteira, porque ela quis saber umas coisas da minha vida; e, como havia uns pedaços tristes, ela às vezes quaje chorava; contou, despois, por que rezão saiu do marido, um malvado que furtava muito dela, que a enganava por causa das outras e por cima de tudo inda fazia co'ela cada judiação tão grande; por derradeiro, sendo minha vida, a bem dizer, irmã da dela, caímo' nos braços um do outro, saluçando saluços que não acabavam mais. E foi ansim que a minha soneira subiu a uma altura em desmasia; quando se encontra no mundo uma pessoa que tenha sofrido os mesmos pesares que a gente, a mó' que se fica logo cativo dessa pessoa.

Hoje bem que me arrependo, apesar que o que está feito não está por fazer – e isso de se eu soubesse é prosa fiada: afinal, história que acontece p'ra todos, pois não acontece? A Carola gostou de mim, ou ao menos amostrava gostar: fugia, altas horas da noite, e ia-me chamar, dizendo que não podia estar sozinha sem mim, temperava café com pouco doce, fazia promessa p'r'eu ser fiel toda a vida, coisas que inté nem se deve' repetir. Eu, então (era só aquela soneira, mas dormir mesmo, quando?), 'tava atado duma vez.

O Vito não desconfiava de nada. Mas sujeito ciumento como o Vito, só o Vito mesmo! Nunca vi! Só de a Carola uma 'casião me dar adeus um tantinho de longe, o danado espezinhou-se: já no sufragante reparei que o adeus lhe amargou, pelo simples sinal de ele me olhar com cara de negar pousada e riscar na terra ûa manguara que trazia por costume. A Carola, esse dia, sofreu o que uma alma de pecador não sofre no inferno: palavradas, indiretas e mais indiretas, nomes feios, uma apuração braba! Nem bem a noite fechou, recebi um recado que me chamava, e o recado era da Carola: segurei meu alecrim, enfiei a francana aqui na cinta, e rompi; sube intão que o Vito foi tocado como um cachorro, tudo por meu respeito, e me vi na obrigação de tomar conta da quitanda.

Aí é que foi o choro da gralha: Ô! tempo bom, rapaz! parecia que eu 'tava mas era vivendo num céu aberto. Carinho da morena, saúde de ferro e cobre na 'gibeira... calcule! Aquele empreito da estrada nova tinha-me dado um resultadão: a notaria que me pagaram foi tanta e de tantas cores, que me relampeava nas mãos, quando eu puxava o maço p'ra fazer qualquer despesa. Eu não quero que isto seje de regra ansim: mas sempre lhe digo que gereba, p'ra querer bem à gente de verdade, percisa ver ao menos a corzinha verde duma nota de dez. Ô! tempo bom, rapaz!

Teve fim, o bom tempo. Apareceu na vila, vindo desses fundos de São Paulo, um peralte à toa de nome Fernando, cobrudo e embonecrado, mas porém feio que nem urutau. Engraçou-se pela Carola, andou-lhe dizendo graças e pilhérias, e a Carola 'tava firme comigo tal e qual aquela pedra mais grande da corredeira perto da ponte. O home' insistiu, fazendo mostra de suas riquezas, de seus arreios prateados, de seus machos marchadores, de sua roupa cara, e a Carola nada de afrouxar na paixa que tinha por mim. Neste entanto, meus recursos lá se foram pela água abaixo, e eu principiei a não poder mais comprar certas estúcias que ela pertendia, uns lequinhos, uns brincos, umas pulseiras: notei logo que a afeição diminuía, que os mimos iam esfriando, que a diaba escancarava a boca junto de mim, fazendo pouco causo e outras muitas.

P'ra encurtar rezões: a ordinária começou a pular fora dos trilhos. Eu, tanto que percebi a leréia, tratei de pilhar os dois co'a boca na botija:

perparei terreno p'r'a história, menti que ia de viage' demorada, e voltei no mesmo dia; saí p'r'a rua, p'ra voltar na mesma hora –, inté que uma vez, uma noite, esperei o cabra atrás dum pau de 'çoita-cavalo, a parzinho co'a cerca, e o dito cabra chegou pelas onze, mais ou menos.

É difícil contar o que eu fiz, ansim que vi o guampudo: só sei que o meu alecrim lhe gemeu na testa, e o guampudo rolou no chão que nem um passarinho, mole e sem barulho. A noite era de quarto minguante, escura a conta inteira. Parei, um tempão, encostado no 'çoita-cavalo, e dei de ruminar no serviço que arranjara: a consciência me doeu. Eu, pobre de mim!, devendo um crime tão horroroso, de esperar meu similhante p'ra lhe fazer mal fora de horas e com traidoria! Meu coração ficou gelado, rapaz! Negócio c'a justiça, num lugar que tem um promotor terrive' como o daqui, não paga a pena! Já eu parecia que 'tava sentindo as mãos dos soldados nos largatos dos meus braços. Passei um bocado bem ruim!

Quando senão quando, o machucado suspirou. Que suspiro, Santa Virge'!, vinha arrancado lá de longe, devagarinho, seu tanto ou quanto arrastado: fazia dó! P'ra mim, que já me via mesmo atrapalhado, aquele suspiro foi um golpe: entrou-me cortando as carnes e deixando entre meio delas uma friúra de intanguir. Saltei feito um embrulho p'r'o lado do ofendido, risquei um palito de fósfo'... e estive cai-não-cai, vendo que ele não era o seu Fernando. Pois era o Mequinho, coitado do filho de sa Mariana, tão quieto e pacífico! Reuni quanta força me restava, e pedi perdão p'r'o Mequinho. Ele abriu os olhos, meio embaçados ainda pelos restos da vertige', e falou-me por este feitio, sem tirar nem pôr:

– Então, devéra', Mané da Silva, devéra' você teve corage' de me fazer esta? Eu, que não bulo co'a vida de ninguém, mereço agora ser esperado por detrás dum pau, de traição, e espancado? Por quê, Mané da Silva? p'r amór de a Carola? Mas a Carola recebe quanto caipira hai: sou eu, então, que pago os delitos dos mais? Você bem sabe que a veieira não roncando, o tatu não vem furtar mel... Você devia premeiro esbordoar o Antoninho, o Juvêncio, o Ernesto da Mumbuca, o Zezinho Magro, o Joaquim de nhá Zefa, um dilúvio deles!

– Você fala sem mentir, Mequinho? – preguntei eu.

– Falo inté co'a mão sobre um livro santo – me disse ele.

Ora o Mequinho é um caboco de fiança: o que ele diz pode-se escrever e acreditar. Veja, rapaz, veja no que não fui cair! Por isso você não abra os ouvidos ao que esse povinho fermoso fala, que tudo é mentira: mulher, quando sai p'r'o mundo com tenção de entrar na vida, já sai completa p'ra tudo que hai mau e perverso. O

Mequinho prometeu que não fazia queixa à autoridade, e eu assosseguei: mas larguei duma vez a Carola, triste no princípio, despois consolado, logo despois alegre inté. Porque, enfim, quem se livra dum rabicho tão desatinado é como quem se livra duma prisão.

Agora p'ra diante é que me aconteceu coisa inda mais pior...

COBRA MANDADA

– C'o Chico Irara eu não quero histórias. Se vocês 'tão mesmo na idéia de passar as extremas dele p'r amór de esse mateiro desabotinado, vão por sua conta e risco: eu não vou abrir daqui senão p'ra trás. Esparrame o virado em riba desta pedra, Toniquinho: bamo' criar corage' p'ra campear outro cabrito nesse guanhã de serra, que não é só na grota do Irara que eles amoitam, há de aparecer algum, nem que seja p'ra mésinha. C'uma cachorrada como a do filho de meu pai, em que abasta só esse bandeira quatrólho, p'r'um levante, e aquela malhada uçu, p'r'uma colada firme, inté nem se percisa de bater mato fechado: a mó' que os veados rebentam do chão, de repente, inventados em lugar onde não hai notícia deles.

Você, seo Chico Zabé (não leve a mal o que eu lhe falo), é turrão velho, não chega logo ao conhecimento das coisas, embarranca numas teimas às vezes à toa, que não hai filho de Deus que lhe tire a mente dali: despois e por fim, se a gente não concorda com você, você pega numa libuzia que inté faz réiva na gente.

Mas contanto que agora você tem que mudar de tenção: a todo o querer, não queira fazer outra soltada agora, e fazer a soltada no chão do home'. O home' tem mandinga; não sei como foi que ele arranjou a mandinga, mas tem. Não gosta nem um pouco de caçador nas terras: bamos não entrar. Ele 'tá no seu dereito, e quem vai contra o dereito já vai principiando a perder desde o princípio.

Não tem aqui quem não se alembre do defunto Antónho Chancho, aquele pedação de sojeito quaje cor de rapadura, que parecia mestiço de xavante. Todos sabem que o Chancho morreu picado de cobra, não é mesmo? O que poucos sabem é como foi o artigo dessa morte. E por causa dessa dita morte é que eu fujo, às léguas do Chico Irara.

O Antónho Chancho morava na divisa do defunto Zé Gome', pai do Chico: o Chico andava beirando os vinte anos, não tinha saído, como nunca saiu, do poder do pai. Mas as terras 'tavam na suciedade, porque inté hoje não houve quem se aventurasse a requerer a medição da fazenda, que é um mundo. O Zé Gome' era um pobre pacato, que não incomodava vizinho nenhum, saía de casa p'r'as plantas e das plantas voltava p'ra casa. Diz que um dia mandara certos camaradas arrancar uma cipoama que percisava p'r'os amarrilhos duma cerca, e os camaradas, que não conheciam os arranjos dos donos da fazenda, tinham tirado o cipó p'ra riba daquela gabirova que vocês daqui 'tão vendo. Ora, a par daquela gabirova, consoante uma acomodação antiga, tinha uma picada duma braça, já a bem dizer apagada de tudo. P'ra cá era o Zé Gome', p'ra lá o Antónho Chancho.

O diz-que é um causo, não é? – e isso aí por enquanto eu sei só mesmo por diz-que: não agaranto que as coisas desde o começo foram ansim. Mas porém o certo é que o Chancho danou, quando soube da passage': não percurou fazer uma pequena paz c'o vizinho, não lhe propôs isto de acordo, foi dar uma parte mais que tirana contra o outro p'ra justiça, falando que aquele feito já era de má tenção e rixa velha, porque ninguém não desconhecia a supradita picada, e tal, e coisa. A justiça é que não quis tomar fé na parte: o delegado arrespondeu-lhe que o Zé Gome' não tinha furtado nem roubado, proveniente da fazenda estar em comum, e, além de tudo, nem que tivesse roubado ou furtado, a justiça não tinha nada co'isso, e que o processo desses crimes corria inteirinho por conta dos aqueixosos.

O Chancho enguliu calado a fúria toda que teve, não se sentiu com força de tocar a demanda contra o Zé Gome'. O Zé Gome' esse é que ficou inté diferente, quando soube da parte: pois antão o Chancho não quis ter, nem ao menos p'r uma cortesia, o trabalho de abrir a porteira e dar-lhe duas palavras e dizer sua reclamação? Achou logo, sem mais esta nem aquela, que era de obrigação fazer conduzir co'ele Zé Gome' p'r'o oco da peroba, que nem um matador ou um ladrão de estrada? Isso é auto que não se arranja p'r'um home' de barba na cara! E assentou de mudar o sistema de vida, que tinha tido c'o dito trigueiro inté por esse meio tempo.

Pegou a mandar entrar p'r a póssea do Chancho adentro: premeiro derrubou um guaritá morrudo que tinha no assente do espigão-mestre, fez um carreador bem largo p'r a passage' do carretão, puxou o guaritá c'um mutirãozinho, de quatro ajudantes; despois, cubiçou um ariribá dali de perto mesmo, p'r'alguns serviços virados, tirou num átimo o ariribá pelo carreador afora; chegou despois a tomar conta de mais muita madeira de lei que engrossava os matos do Chancho, ergueu dois estaleiros p'ra beneficiar umas pereiras e dois paus de coiração-de-negro; por derradeiro, p'ra fuçar-lhe duma vez a paciência, fez uma ceva de cutia e outras imundícias, no fundo da roça do Chancho, e toda manhã e toda tarde queimava quanto bicho e quanto passarinho aparecia no milho cateto do alimpado.

Não houve quem não pensasse que o Zé Gome' 'tava injuriando ansim o vizinho, só p'ra chamar a divisa na fazenda e ficar na banda boa, sem fazer adiantes p'r'o pessoal da justiça. E o Antónho Chancho não 'teve pelos autos, amoitou que nem esse mateirão que nos deu hoje tamanha esfrega. Só sim jurou, por quanto santo conhecia, que havéra de tomar uma vingação conta-corrente, de dia a dia, p'ra cobrar duma vez a dívida toda por junto.

Aconteceu antão que o Zé Gome', sabendo que o sogro tinha virado o morro, lá p'r as ribanceiras do Cinza, mexeu p'ra 'recadar, de herança, uma potrada grande e um gadinho alongado p'r aqueles centros de mundo. Foi no tempo das febres brabas. Vocês decerto souberam, por notícia, que esse ano a coisa andou tão rúim que inté as capivaras bateram maleita nas beiradas do Panema e de quanto galho dele hai. O Zé Gome' teve as febres assezoadas, queimou uns par' de dias, melhorou com c'umas beberage's de limão azedo e não sei que pretexto, levantou da cama, bateu logo as maleitas que foi um horror: só vendo! Veio-se embora daquela maneira, c'a friage' e tremedeira da doença em horas marcadas, amarelando cada vez mais, e magro e sem fome que inté dava pena.

Quem 'garrou a mandar na propriadade foi antão o Chico Irara, porque o Zé Gome' 'tava não valendo um dez réis de mel coado: tinha um desânimo tão fora do costume (ele, valente e cuéra p'r'o trabalho), que ficava dias a fios nûa mesa de carpintage', suzinho, olhando c'uma tristeza louca p'r'esta mataria desgrenhada em que sempre teve enlevo e sastifação. O Antónho Chancho botou nas cercanias da casa um palhaço p'ra sondar a vida do Zé Gome', p'ra saber as horas que ele ficava na solidão de tudo, p'r amór de as lavage's de roupa, que levavam p'r'a fonte as duas mulheres, mãe e filha, desde o almoço inté a janta. E foi logo dono dos segredos da casa, e conhecedor dos artigos em que andava o amaleitado.

Um dia, diz que o Chancho atrelou a cachorrada paqueira (vocês bem se alembram que ele era doente p'r uma caçadinha dessas), amontou a cavalo, e foi de vereda p'r'a casa do Zé Gome', isto ali p'r as dez horas, quando ele nunca saiu p'ra caçar sinão no romper do dia. Diz que chegou, foi logo entrando, sem dar adeus p'r'o Zé Gome' nem nada; ficou de uma certa distância, tirou do ombro a espingarda, mandou, já de espingarda decidida e engatilhada, que o Zé Gome' ajoelhasse. E o Zé Gome' não teve como não cumprisse as orde's: ajoelhou. Disse p'r'o Zé Gome' rezar um padre-nosso, em voz do meio: e o Zé Gome' rezou no mesmo instante o padre-nosso. Fez que o Zé Gome' abrisse as duas mãos, ficasse de mãos postas, e tomasse louvado, e pedisse perdão. Despois sapateou no portal da casa, sacou a buzina que 'tava a tiracol, tocou um toque forte; a cachorrada enramou; neste ponto ele deu dois tiros de salva, e os paqueiros guanhiram de jeito que alastrava uma dor funda no coiração da gente.

Aqueles roncos de salva, em horas desacostumadas, num lugar onde só 'tava o Zé Gome', chamaram a mulher e a filha e, pouco despois, o Chico Irara. Ansim que foi sabedor do acontecido, o Irara mal apenas disse estas poucas palavras:

– Vancê não se enfeze muito, nem se esmoreça de malinconia, nhô pai, que eu 'ranco uma desforra boa daquele bugrão chambuá. Deixe estar, que eu arrumo um cipozinho da banda dele, e Deus há de pôr a virtude no belisco do cipozinho!

Meu dito, meu feito. Poucas somanas despois, 'tava uma tarde o Antónho Chancho deitado na rede, puxando um eito de madorna, quando uma cobra dessas novas, escura na barriga e meio amarelada na cacunda, c'a feição do urutu-dourado e o 'licerce duma caninana, cortou ligeira o rio, da marge' de lá p'ra cá, na linha certa da casa do Chancho. Isto sim, foi coisa que muita gente verdadeira viu e conta: a dita cobra, que podia ter uns dez palmos (vejam que bruta!), subiu p'r o lançante arriba, apareceu no craro da casa, trepou a escadinha como se tivesse pés e mãos, amontoou no portal, fez rodilha, armou o bote como quando 'tá apertada p'r algum inimigo, largou um pulo p'r'a rede, picou o Chancho bem na palma da mão dereita, que 'tava pendendo p'r'o chão.

O Chancho acordou atemorizado, 'palpou a mão, olhou a mão, achou-se machucado, e inda teve tempo de ver a bruta, que ia passando vagarenta pela escadinha, como quem sai de sua própria habituação p'ra dar um passeio. Gritou feito um demente, levantou, quis botar fogo na cobra, mas porém não pôde, porque a mão ficou logo esquecida, e com pouco também os olhos ficaram cegos, e deu de se desfazer em sangue p'r o nariz, p'r as orelhas, p'r os cantos dos dentes, p'r as raízes das unhas, uma coisa temerosa! E a cobra voltou rasto, desceu o lançante p'ra baixo, caiu no rio, foi torando p'r a flor dágua, a rumo, saiu no mesmo lugar donde tinha espirrado, enfiou-se no mato inté hoje.

Com pouca demora a mulher do Chancho foi abrir devassa do que tinha havido. Ia caminhando c'as maiores dificuldades, porque já andava de oito meses e o munho onde 'tava trabalhando era longe e no fundo duma subida. Todos afiançam que isso é que foi o rúim, porque o mordido, se a mulher não tivesse visto a cesura, sarava, tão certo como sem dúvida, c'uma salmoura bem encorpada, a só por só, contanto que nuns corenta dias não comesse açucre. E também porque falou logo no nome do bicho, quando havéra de falar num cipó, ou coisa ansim. A verdade é que bateu o trinta-e-um de madrugadinha, e ninguém não pôde culpar o Chico Irara na morte do Antónho Chancho.

Agora, se vocês 'tão mesmo c'a sapituca de percurar o mateiro na grota do home', vão com Deus, que eu daqui me derreto p'ra trás. Quem não tem peito não toma mandinga. O Irara teve peito, fez o que quis: mas com gente dessa relé eu não me entendo. Quero ver de cara a morte, quando ela vier vindo, por mais feia que seja, na ponta duma faca, na boca dum bacamarte, por via dum prioris ou dum amarelão, mas matado p'r um demônio desfigurado ansim – Deus que me perdoe, p'r amór de Deus! – isso eu não quero. O mundo é um engano, e mais enganados os que andemo' nele, é a prosa dum ditado muito capaz. Mas querem saber duma coisa? bamo' vivendo no engano, bamo' vivendo...

NA ILHA DA MOELA

— Eu saí Júlio da pia; mas o pessoal do bairro, por via de eu ser ansim manguara, pegou a me chamar de Julião, e fiquei sendo Julião p'r'o resto da vida. Nome é coisa que os pais da gente escolhem, e um dia a gente, querendo, pode mudar: faz um requerimento p'r'o juiz, bota anúncio no jornal, e pronto! – Morais virou Silva, Fagunde' já não é Fagunde', é Moreira. Agora apelido, não: como os outros é que inventam, por mais que a gente mexa e azangue, é 'toa! – não desapega nunca.

Por isso, quando est'ro dia aquele vindouro, Diminciano me preguntou:

— Qual é a sua graça inteira? – arrespondi-lhe certo o que era:

— Júlio Arruda de Santa Maria, criado de vassuncê.

– Criado de Deus, que lhe dará bom pago! – foi a cortesia dele, como é de todos.

Mas achei melhor explicar o que hai, p'r'ele não cuidar que dou um nome em vez de outro, que tenho alguma coisa p'ra esconder na minha vida.

Ele, a bem dizer, achou graça nessa poaiage'. É home' correto, amoderado, parece até que de bom coração. Veio após de mim porque lhe contaram que sou entendido em canoage', tivemos que praticar dias e dias a respeito de madeiras, de remação e de pescaria. Quis amostrar que 'tava sastifeito comigo, que era meu camarada, e me trouxe de presente um fumo de Taubaté, que não lhe digo nada!

Andei-lhe ensinando o lugar onde mora o mato bom, e o lugar onde cresce praga só. Principiei por lhe apresentar o derradeiro guarandi que se via na vizinhança da praia, contando o préstimo e a serventia daquela arv'e tão bonita, e acabei amassando c'a bota, p'ra lhe fazer conhecido que o tal cipó não tem valia, um amontoado de borrolão, na beira do mar. Ele tinha o jeito do menino ajuizado na escola: não tirava o sentido do que 'tava aprendendo...

Quando fronteemo' um pelão de guapiruvu, numa ponta de rio, dei-lhe notícia que é pau de canoa, e que aqui se adota muito esse tal cedro mimoso p'r'o serviço da água. Achei da minha obrigação dar-lhe também notícia logo em seguida, que canoa de guapiruvu às vez' é tão larga que pode carregar dez e doze pipas de caninha, e rolar uma por inteiro da popa à proa. Mas eu não voto muito em canoa desse pau, por ser meio leviana, e p'ra mim o maior estrupício, que um remador sofre e agüenta, é uma voga tonta no meio do mar.

Não quero saber de lambança com mulher saracutinga e voga bandoleira: tanto uma quanto a outra deve de ter bom peso e segurança. Quem se aventura, na vida, com mulher de cabeça oca e, no mar, c'um pauzinho furado sem governo firme, 'tá por conta do diabo!

Diminciano enrabichou por uma canoa de bom tamanho, que viu no fim da Ponta da Praia e lhe disseram que saiu da minha mão: era encomenda de um pescador da Bertioga, e eu lhe a tinha feito de timbuva, com todo o cuidado e paciência. Paciência, em trabalho destes, val' mais que lição de livro!

Combinemo' tudo, em três tempos: ele ia p'r'a cachoeira dos Pilões, comigo mais um pago, nós escolhia' um cauvi macota, cortava' uma tora e tanto, e eu fabricava lá mesmo a voga, ante' que Diminciano aguasse! Ansim se fez, dereitinho, sem tirar nem pôr. A voga desceu da cachoeira, fazendo figura no lombo de uns par' de ajustados, que serviam com arrevezo, entrou no vagão da Inglesa, chegou na estação de Santos. Quando chegou no mar, então, Diminciano derramou algumas lágrimas e quaje botou a boca no mundo, de entusiasmado e de contente. P'r'o batizado da voga (Fermosura foi o nome), juntou tanto povo naquele fundo de praia, que até parecia festa de home' graúdo. Isto faz, mal e malzinho, uma somana só: e veja como não 'tá chibante em riba dágua a tal Fermosura!

Diz que anda aparecendo, p'r as horas mortas, na cacunda da Moela, um bicho estúrdio e grandalhão. Ninguém não pôde ver, de perto e sussegado, o sintoma do bicho; mas p'ra mim, contado o causo como andam contando, é minhocão ou boi-dágua. Abasta alembrar que, se 'tá tudo quieto, no lugar onde ele abóia, daí a pouco se forma um rebojo, com águas fervendo e roncando, que nem marola erguida por embarcação de boca larga, quando ele margulha.

Isso de bicho grande, bicho feio, bicho esquisito, não me espanta nem me dá curiosidade. Mas Diminciano cresceu em riba dos tamancos, esvoriçou e formou logo tenção de ir comigo na ilha, p'ra ver aquilo o que era e o que não era. Arrespondi-lhe que decerto nem pagava a pena, que o pedaço de mar, daqui na ilha, não era canja, era um tirão; Diminciano 'tava cabeçudo, principalmente despois que lhe disseram que sem dúvida alguma baleia arpoada, ou sem saúde, 'tava fazendo termo naquele bruto costão.

Não tive remédio senão concordar com Diminciano, a resto de contas. Marquemo' o arranque p'r'a noite de onte', que já ia ser noite bem branca, mandei perparar virado, café na termal e uma garrafa – só uma – de morrão. Diminciano ejigiu ainda que eu escolhesse os remos: passei-lhe um de guaricica, por ser mais forte, inda que mais pesado, p'ra mim peguei um de guacá-guaçu. E onte', ansim que pegou a se estender na Ponta da Praia a craridade da lua, entremo' na voga, com agasalhos, aviamentos e tudo.

Diminciano quis pilotear, e eu não pude dizer não. Dei-lhe o rumo, 'garrei o remo, fui rasgando, com vontade, as águas quietas da entrada do canal. Ia tudo muito bem, sem novidade e sem estrovo, quando entendeu Diminciano, não sei lá por quê, alevantar e pilotear de pé: o que dizia, sim, é que o mar e a lua 'tavam tão lindos e tão bem casados, que fazia gosto ver...

Na frente da Ilha das Palmas, um pouco mais adiante, um pouco menos, a voga deu tamanho estremeção, de repente, que esfriei de medo. Olhei p'ra trás e vi Diminciano debatendo c'as águas, nadando como podia e percurando pôr a mão na canoa. Gritei-lhe que não fizesse isso, que num instantinho eu lhe salvaria de qualquer perigo, ficasse em paz e só tratasse de aboiar. E num instantinho, como eu tinha prometido, a canoa 'tava serenando em cima do mar, Diminciano dentro da canoa – e a lua enriquecendo de prata aquele mundo de meu Deus...

Mas Diminciano intimidou e perdeu o gás. Não quis saber de Moela, nem de minhocão, boi-dágua, ou baleia; esqueceu que a sua criançada de bancar piloto em riba dos pés é que foi a causa daquele desastre mirim: e acabou por me lançar em rosto, como se eu tivesse alguma culpa no cartório:

– Também, não percisava roncar tanta sabedoria em fabricação de canoa e feitio de remo, se havéra de por fim jugar o pobre do seu companheiro no meio do mar!

A CONSULTA DO LAU

– Seo doutor, eu quero-lhe fazer uma consulta de muita circonstância e de muito segredo; mas porém também quero que vancê me dê uma re'posta bem sincera, um parecer franco de tudo, que me sirva 'o menos p'r'aliviar a minha vida de tanta malinconia que eu tenho padecido, destes tempos p'ra cá.

Vancê 'tá meio novato aqui, por isso não conhece bem o pessoal desta terra, e muito menos esses tapiocanos que andam afundados p'r os sítios e aparecem na cidade uma vez na vida e outra na morte. Nunca viu com certeza o Chico Geraldo, que assiste agora nas Covoadas e anda meio tapera, segundo 'vi falar. O Chico Geraldo morava' lá p'r as beiras do Cocaes, vizinhando comigo, porque eu tenho meu chãozinho naquelas parage's; por sinal, seo doutor, que não dou meu dito chãozinho por nem uma fazenda feita destas bandas.

O Chico Geraldo era pai duma pinhã bonita como quê, por nome Alícia, moça de esp'rito e qualidade, trabucadeira da vida. Ficou viúvo muito rapaz ainda, e aquela criatura é que fazia e desfazia tudo na casa. Nós sempre tivemos muita amizade, desde muito tempo, porque o Chico Geraldo era um home' que não se intreverava nos negócios de ninguém, só se ocupava com seus trabalhos e, apesar de pobre e andar sempre lapuz, o coitado!, era um home' de palavra, estimado em casa por nhô pai, que Deus tenha em sua santa guarda.

Desde pequetita (isto é voz corrente no bairro), a Alícia me quis bem, e eu também não deixava de não querer casar co'ela, quando pudesse sustentar um empreito ou plantar alguma roça de meu. De primeiro não houve novidade nenhuma, todos achavam graça naquele namoro de dois crilinhas que não valiam nada. Mas ao depois, quando 'garrei a crescer, nhô pai pegou a falar que similhante casamento não dava certo, porque eu não era rico, apesar que podia mais tarde vir a pissuir uns cinco alqueires de cultura, e a Alícia intão, de seu, só podia ter a beleza, e as mãos p'r'o trabalho, nada mais.

Um mineiro da Jacutinga, que se chamava Neca de Oliveira, comprou, há coisa de seis anos, uma sorte de terras anêxa c'as de nhô pai, e que divisam dereitinho c'o pedaço que me saiu no inventário da mãe. Esse mineiro é um sojeito meio espótico, acho que é até meio tantã, mas porém trouxe tanta coisa, quando fez arranchação na propriadade, que os mucufos daqueles mambembes pegaram a ficar adimirados, e nhô pai foi um deles. Entre as bonitezas que o Neca trouxe, a mais bonita, p'ra dizer verdade, era a filha mais nova, uma branquinha meio aloirada, a Júlia, que agüentava um desafio a noite inteira, cantando versos de cabeça e repinicando uma viola como o folgazão mais desenvolvido.

O Neca percurou logo nhô pai, p'r'arranjarem de boa acomodação um rumo que 'tava meio apagado, e nhô pai, que nunca foi home' de demanda nem de briga, e a mó' que sempre teve medo dos mais ricos (vancê sabe, um home' criado e inducado nos ermos!), combinou bem c'o dito Neca, e até foram juntos fazer um dia o alimpado da divisa, enquanto não chegava a camaradage' do outro p'ra cavocar o valinho. E tudo foi feito de muito boa paz.

Quando nhô pai voltou, esse dia, já no lusque-fusque, veio dizendo esta prosa:

– O home', Lau, é dos bons. E tem uma senhora filha, eta menina placiana e conversada! Aquilo é que serve p'ra você: bonita, cidadoa e, além de tudo, não vem p'ra casa c'as mãos limpas. Sabe o que mais? Você já vai beirando os vinte anos, ela 'tá com dezoito, a siá Júlia; trate de ver se ela lhe quer, porque o Neca eu acho que não há de ser estrovo.

Eu bem que arrespondi que minha tenção, toda a vida, era casar co'a Alícia; que a Alícia sempre me quis e era uma fortaleza; que nós nem sabia' quem era essa gente, que rebentou no bairro quando menos se esperava, e tinha até jeito de ser meia aciganada; que a Alícia era muito trabalhadeira e, de cantigas, só sabia as que serve' p'ra fazer menos pesada a tarefa, e não era amiga de passar noites de enfiada dançando baile na casa dos outros.

Mas nhô pai não me deu rezão, era o que ele queria e, se não fosse o que ele queria, não havéra de ser nada. Eu banzei comigo mesmo: bamo' deixar passar o tempo – e deixei passar o tempo. Vancê gosta de versos, seo doutor? Se vancê gosta, decerto já 'viu cantar um que fala ansim:

> O mundo não é dois mundo',
> o céu não tem dois senhor';
> quem não tem dois coiração
> não pode ter dois amor'.

Eu tinha um coiração, o único que Deus me deu, não podia querer à Alícia e à Júlia, vancê não acha? Nunca tive por costume andar de um amor p'ra outro, que nem certos rapazes. E nhô pai, intão, era um home', em casa, brabo a conta inteira: havéra-se de fazer só o que ele mandava, e não buzinar, porque, no caso contrário, ficava tudo rúim.

Tomei a minha resolvição de não dizer mais nada a respeito do causo: nem que sim, nem que não. O tempo é remédio de tudo, esperei que o tempo curasse aquela mania birrenta do pai. E andei lobisomando noites e mais noites p'r aqueles cantos de serra e beiradas de campo, chegando às vezes ao ponto de voltar p'ra casa quando a barra do dia já vinha lumiando o lombo dos espigões. Peguei então a encontrar co'a Alícia, Deus sabe como. E aí, seo doutor, é que eu vi como é gostoso e como é doído a gente campear seu amor no escuro das arv'es, alta hora, fugido e escondido, e desaparecer c'a primeira alvorada do dia, feito um lobo do cerrado ou uma suindara do sertão!

Passados meses, a Alícia deu de ficar deferente, e eu logo desconfiei o que era. Pensei que não fosse o que eu pensava, deixei correr mais um mês e mais outro, e vi que não havia remédio: a Alícia 'tava de esperança, e daí a pouco todos havéram de reparar e conhecer a mudança dela. Um dia ganhei corage', despois de ter cumbersado bastante co'a Alícia, e contei tudo p'ra nhô pai, cuidando que ele havia de chegar à rezão e barganhar de juízo. Mas qual! parece que foi mais pior: olhou p'ra mim c'os olhos acesos de réiva, e preguntou se eu então tinha ânimo de fazer o que ele não queria que eu fizesse.

Seo doutor, a consciência me dói hoje do que eu disse na tal hora, mas eu disse que não tinha esse ânimo.

Nhô pai mandou que eu fosse passar uns tempos no sítio dum meu tio, perto de Santa Cruz, e tive que sair já ali no sofragante. Passei p'r a casa do Chico Geraldo, falei p'r'a Alícia o que havia, e soquei as esporas no meu cavalo rosilho. Quando fechava essa noite, e a outra, e a outra, eu amontava a cavalo, sem que ninguém não soubesse na casa do tio (eu drumia arretirado, num cochicholo a par c'um bambuzal), e vinha ver a Alícia, até sabe Deus quando. O Chico Geraldo, quando foi senhor do acontecido, diz que chorou ver uma criança: mas porém arrespondeu p'r'a filha que ela era filha e ele era pai, e nunca não seria capaz de lhe ensinar o andar da estrada.

Uma tarde, seo doutor (e é aqui que me principia a apertar o coiração, porque fazia uns par' de dias que eu achava a Alícia meia fora de si, não sei como), uma tarde encilhei o rosilho na virada de lá do potreiro, tal e qual eu fazia sempre, p'ra ninguém não perceber, amontei a cavalo e cortei na direção do Cocais. Logo-logo caiu a noite, noite de lua cheia, mas o luar 'tava meio turvinho ainda. Eu não quero aumentar nada p'ra vancê, seo doutor, mas parece que a musga da ferrage' do rosilho chorava no chão duro daquele estradão velho. E a lua ficou sofocada no meio dumas nuve's ou por detrás dalguma serra.

Cheguei no arrozal onde eu sempre esperava a Alícia, e não vi nada, não vi nada que tivesse jeito de gente. Olhei p'ra todas as bandas, escuitei uma temporada: tudo 'tava quieto, só 'vi um rumor de longe, que cuidei ser passage' do vento na rama dos arvoredos, e o barulho da água do monjólo, bem p'ra baixo, encostado no mato grosso. Fui caminhando p'r o meio do arrozal, à toa: e de repente reparei que tinha um vulto esquisito, dentro dûa moita de guaimbé, já perto do monjólo, a par co'as últimas touceiras do arroz apendoado. A moita fazia um negrume, porque 'tava numa covanca e tinha perto muitas arv'es macotas: peguei num manojo de palha seca, bati o isqueiro, acendi um fogaréu num átimo, caminhei p'r'o rumo daquele vulto.

Era a Alícia, seo doutor, que 'tava ali desacordada, sozinha com Deus, e sem cabeça nem p'ra me conhecer. Falei-lhe umas par' de coisas, bem no ouvido, mas porém a Alícia não entendia mesmo nada, 'tava numa sonolência que dava mostra de ser a drumideira da morte. Foi aí que descobri, junto dela, uma criancinha sem roupa, tremendo e fazendo queixas muito baixico, nuns gemidos que a gente só podia ouvir chegando bem perto do corpinho desamparado.

'tive ansim parado muito tempo. Quando a lua apontou daquele fundangão, no entremeio das serras, e branqueou o alto dumas cambaúvas que tinha perto da água, e ficou tudo craro, sacudi mais a Alícia, tornei a falar palavras já quase tremidas de choro (porque eu 'tava triste que nem um condenado, seo doutor), e ela abriu e arregalou os olhos, não arrespondeu nada, pulou do chão, correu p'r'o monjólo, ver uma demente ou uma pantasma.

Corri também, seo doutor, mas porém, quando cheguei perto dela, já vi a criancinha no pilão do monjólo, machucada, espremida, quebradinha como um ramo. Tirei depressa a criancinha, ponhei a criancinha em riba duma folha larga de taioba, mas aquilo 'tava uma geléia, nem tinha forma de gente, era um emburulho que tremia, que alevantava e que abaixava. Meus dedos arrancaram meus cabelos: pensei que tudo o que eu via não passava de castigo, porque nunca 'maginei tamanha desgraça ansim.

E então, quando campeei a Alícia e fui topar co'ela deitada debaixo duma gameleira, estendida e branca ver uma defunta (na certeza já tinha morrido), desesperei duma vez, corri p'r'o meu rosilho, amontei a cavalo e disparei p'r a estrada fora, chorando feito um louco.

Sube despois que a Alícia foi achada morta naquele mesmo lugar, que o Chico Geraldo saiu meio deleriado das terras, e que a criancinha não apareceu. Ora, seo doutor, onde é que havéra de ter ido parar a pobre da criaturinha de Deus? Eu é que não tive mais alma nem p'ra passar por perto de similhante morada.

Agora, seo doutor, eu quero é que vancê me diga si eu devo algum crime p'r amór de este causo. Todos dizem que vancê é um home' bom, que tem dó da pobreza e é sombra dos perseguidos e dos atromentados: por isso também lhe peço, e lhe peço p'r o leite que vancê mamou nos peitos de sua mãe, que me ensine despois como é que hei de matar esta tristeza e como é que hei de apagar esta nódea tão preta e tão delorida que trago no fundo do meu coiração.

DO PALA ABERTO

– Qual! seo Mané Dutra, quando Deus dá a sina de se cair nesta vida; não hai remédio como a gente não caia! Ûa moça é criada com quanto carinho o pai e a mãe têm, com todo o mimo, com muito respeito, e um dia, vai, ela desmorona que nem barranco molhado. Levanta-se um rumor grande, um barulhão: mas daí a poucas sumanas ninguém não se alembra mais do causo, e a moça que se perdeu, rolando, rola cada vez mais, até chegar nos últimos percipícios.

Olhe que eu fui uma criatura de recato: lá no Capim falavam que moça donzela, p'ra ter bons modos, juízo e préstimos, havia de ser que nem eu. Trabalhava o quanto dava o dia, de sol a sol; assim que principiava a escurecer, tratava das criações; fazia serão até que horas; dormia o meu sono sussegado, sem nenhuma atrapalhação, sem nenhum remorso; ao crarear, pulava da cama, cuidava dos porcos de ceva, amarrava os bezerros nas mãos das vacas, tirava o leite, pinchava milho p'r'as galinhas: despois sentava na costura, que não saía mais.

Cada domingo nhá mãe ia comigo na missa: eu rezava, que era um gosto: pedia tanto p'ra Nossa Senhora da Bem Aparecida que arranjasse de Deus perdão p'r'os meus pecados... e que pecado tinha eu? – decerto 'tava já 'maginando, sem querer, que mais tarde eles havéra' de ser muitos; povo que reparava em mim ficava adimirado: e até me diziam (eu não falo por gabolice) que as rezas me davam no sembrante uns ares de anjo de altar.

Foi nûa missa que o meu coiração bateu mais forte pela primeira vez. O Chico da nh'Ana, um mocetão e tanto, de bonito e sacudido, pegou a me olhar, que não tinha mais parada; eu, a princípio, não dei fé, mostrei-me enlevada nas orações; despois, como os olhos do Chico me perseguissem numa toada, olhei p'r'a banda dele, mas fiz jeito de quem não 'tava pondo atenção; despois, quando eu ia saindo da igreja, c'a mãe, ele já esperava na porta, ansiado, que não dava mais altura. Daí por diante não faltava domingo que eu não fosse na missa e que ele também não fosse: e 'garrei a querer bem ao Chico da nh'Ana, c'um amor entranhado, que era a minha alegria e era o meu tromento, como diz ûa moda velha.

A primeira vez que vi a cor da voz do Chico foi num adivertimento em casa de seo Nacleto, ali na Jacutinga: nhô pai era compadre de seo Nacleto, e nós fomo' à festa de São João que ele deu, vai agora fazer dois anos. Assim que o Chico soube que nós íamo', ficou arvoriçado – e não descansou enquanto não se viu em riba dum cavalo gateado que tinha, rompendo p'r aquele estradão louco. A samba que abriu o pagode parecia uma demência geral, Nosso Cristo! Nem bem serenou a samba, já deram de aprontar a roda p'r'o fandango, e o palmeado arrebentou que nem umas par' de taquaras que a macacada vai quebrando no mato; a viola 'tava nas mãos do Chico, meu coiração repicou; assussegaram, esperando a cantoria e quem desassussegou fui eu, que sentia os ouvidos numa zunideira dos demônios.

Ota! moda, seo Mané Dutra, a que o Chico botou naquela hora! Falava em tudo de mim, mas porém num encarreamento tão rebuçado que decerto ninguém não entendia. A minha boca ele comparava c'um juá manso bem maduro, partido de meio a meio; os meus olhos, c'as flores do gervão, por ser' azuis; os meus cabelos, c'as penas da cacunda do mutum; por fim, quando suspendia, era tão triste que até os peitos da gente a mó' que principiavam a doer... Aí, então, não fui mais senhora dos meus atos, virei, a bem dizer, uma escrava do Chico: o ponto, era ele querer.

E certa vez recebi recado do Chico, dizendo que esperava só apanhar uns animais que ia vender p'ra fora, e voltava p'ra me pedir em casamento: ê! seo Mané Dutra, vacê não calcula a louca sastifação que eu tive! Fiquei meia apatetada, de tanto prazer c'a notícia! No silêncio do segredo, como quem deve algum crime, comecei a aprontar a minha roupa caseira – porque eu, a falar a verdade, labutava mais p'r'os outros que p'ra mim mesmo.

Senão quando, vem-se hospedar em casa um moço dessas terras de longe, conhecido de nhô pai, lá do Guari: ceou e acomodou-se, assistindo num quarto que não ficava muito arretirado do meu.

Por volta da meia-noite, vi um vulto escuro estrovar a craridade da lua, que batia em cheio nos meus lençóis, passada p'r o sapé mal junto da cumieira: eu quis gritar, o susto não me deixou, senti-me tomada da garganta, e aquele vulto veio chegando, chegando, chegando com toda a vagareza, pé ante pé: encolhi-me nas cobertas, segurei a suspiração. Daí a um bocado, ûa mão passou p'r o meu rosto, e o meu rosto ficou que era ver geada; em seguida chegou a outra mão, que me correu p'r a cabeça, e os meus cabelos se arripiaram que nem o pêlo dum ouriço cacheiro. Assim parei sem ter boca p'ra soltar a mais pequena voz, sem ter braço p'r'o mais pequeno sinal: e me aconteceu essa desgraça, que nem sei dereito como veio...

De madrugadinha, o moço do Guari fez chão.

Nhô pai era um home' perigoso: peguei a pensar no que ele não seria capaz de me fazer, juntei uma trouxinha à toa de roupa, e saí p'r o mundo, sem ter na mente o rumo da viage'. Achei-me logo na casa duns nossos vizinhos, os Tavares, que me deram pousada essa noite: e logo essa noite o filho mais moço dos Tavares me fez uma desfeita. Abri-me, de manhã cedo, p'r este mundo sem fim; não comi, não bebi nada o dia inteiro, passei a noite num rancho que topei na beira da estrada, conciliei o sono sabe Deus como; a madrugada já me viu na estrada outra vez, fui sair em São Pedro. E a minha triste vida se mudou deste feitio, sem que eu quisesse, por sina, por sorte.

'justei-me, em São Pedro, como lavandeira numa casa. Aí 'tive uma temporada, fazendo serviços tiranos, mas sem ânimo de me queixar; um dia, quando vi que não podia agüentar mais a trabalheira, que era em demasiado penosa e me dava dores por dentro, despedi-me e fui ser camarada de cozinha noutra casa de família, onde tinha uns par' de moços. Entenderam de me refiar, andavam-me acompanhando por toda parte, não me deixavam quieta; por derradeiro um deles, o do meio, atreveu-se a vir no meu quarto, uma noite escura que nem prego, e disse p'ra mim uma pilhéria, em voz de segredo; repeli o mocinho, ia gritar, mas porém ele me tapou a boca c'um lenço; eu mordia a mão dele, de réiva, mas era tempo perdido, e ele foi-se embora quando muito bem quis. Não pude atorar tão depressa dessa casa, porque a dona era ûa mulher às dereitas, agradável e caridosa.

Despois, uma vez que me acharam de cotejo c'o mocinho, tive de sair p'r'o largo – e daí por diante sou o que sou, seo Mané Dutra, uma criatura tão separada de Deus que até nem tem conta. E eu não desejo esta vida, 'tou nela porque vim resbalando e descendo, ver a ramada de guapé que se solta na nascente dum riinho, vai correndo água abaixo, vai correndo até desembocar no rião, e vai, p'r o rião afora, até se desmanchar no mar velho. Não achei um filho de Deus que me segurasse e me salvasse, achei só umas almas sem piadade, que me jogaram no rúim e tanto se importam comigo como c'a ramada de guapé que do rio grande caiu na fervura das ôndeas.

Também agora já não tem mesmo mais fugida, hei de cumprir o meu fadário! A única coisa que me consola é pensar que Aquele que 'tá lá em riba, vendo o quanto eu sofro, inda me há de perdoar na hora da morte, que tomara viesse logo: e fazer que o Chico da nh'Ana me perdoe por igual, e 'teje perto de mim, no céu...

VISÃO

— Parece coisa que inda 'tou vendo o Tibúrcio, aquele negrão meio bobó, que andava esfarrapado p'r o centro dessas ruas, na quentura do sol ou na força das águas, dando gritos soturnos. Às vezes, quando 'tou suzinho nalgum ermo, em hora ansim de mais sussego, inté me representa escuitar uns guinchos finos, desguaritados da vozona grossa e carregada que ele soltava de repente, pondo pavor nos outros.

Eu sempre 'maginei, a só por só comigo, que não hai coisa mais triste que andar um cristão p'r o mundo, sem companhia de jeito nenhum, sem o sapé dum rancho p'ra tapar o chão da orvalheira da noite, mal comido e mal drumido, c'a frieza do desânimo no fundo do coiração.

Mas porém a sorte do Tibúrcio, p'ra mim, foi mais negra que quantas eu vi na vida. Não tinha pai nem mãe, não tinha ninguém por si; trocava o dia pela noite, enveredando p'r as estradas, fora de horas, nûa meia carreira, como quem levava pressa; amanhecia alagado do sereno, sentava nalgum barranco, pescava seu pouco, numa cochilação estabanada e sem paz, voltava nos pés p'r'a vila: e neste vai-e-vém cresceu e ficou velho, sem não sentir a idade, ver um poldro que a gente larga no campo reúno, e véve sem lei de freio, e iguala sem levar sela, e fica erado sem preceito de qualidade nenhuma, inté que atole nalgum tremedal, por acauso, e dê o couro p'r'os urubus, longe de tudo que é home'...

Também, o que é que faz o pobre dum quarta-feira no meio dos que tenham juízo? Vai falar, ninguém entende; chora, serve de caçoada; tem zanga, não hai quem leve a sério; faz um aceno, que seja, por estar apurado, vira logo num armazém de pancadaria: e a resto não sai da cadeia, feito um malfeitor, por qualquer dez réis de mel coado, enquanto os mais 'tão esquentando o lombo c'a boniteza do sol.

Vacê não 'tá lembrado que um belo dia o Tibúrcio desapareceu? Pois desapareceu. Tinha por costume vir tudo dia comer, numa cuia, encostado no portal da minha casa, ansim que a tarde refrescava, uma ração que era almoço e que era janta: fora disso, nunca não vi dizer que ele manducasse coisa de peso, noutras querências, e só mampava alguma fruta, só engulia algum café solteiro, só chupava alguma guarapa que lhe davam por aí algure'.

O delegado quis tomar fé no acontecido, e tomou: mandou aviso p'r'os inspetores de quarteirão, que preguntassem, aqui e ali, da parage' do sambanga, fez um ofício p'r'o governo, rebuscou as estradas que o negro amassava mais – foi tempo perdido. O negro não tinha ninguém por si, na terra: se foi matado, acabou que nem um boi carreiro estragado, mal comparando, e ficou morto e esquecido em qualquer buraco de covanca ou tabatinga de esbarrondadeiro: matar um coitado ansim, p'ra muito pessoal que eu conheço, inté representa que não é crime.

Agora, p'ra falar verdade, isso tudo 'tá com jeito de não ter nada c'o que eu lhe vou contar. Mas tem tudo, vacê verá. Repare bem que a vida parece um novelo de linha muito comprida, que enrola e embrulha aqui e ali, fazendo um labirinto louco: a gente pega um fio, puxa e torna a puxar, cuida que é linha doutro novelo... qual o quê! – é tuda ela uma só, do mesmo feitio, só com alguma volta ou algum enrosco de mais!

Eu ia indo, uma vez, p'r'as bandas do espraiado, no rumo da casa do Vicentinho, ao fechar da noite, quando topei o sancristão, aquele Dionísio que vacê conheceu muito bem, e que 'tava alegre, c'os olhos brilhando e me disse entusiasmado:

— Ê! rapaz, se você visse a barbaridade de moça que eu vi nesta horinha, você ficava p'r o beiço! É uma lindura, rapaz! Eu vi, tive que parar, andei, tornei a parar outra vez, e custei a poder tirar os olhos daquele pancadão! Vá lá, que você também vê: 'tá passeando na frente do sobrado do Ildefonsinho, e o largo 'tá que nem prego, de escuro!

Troci um pouco, passei p'r o sobrado, esbarrei logo c'a dita moça. Era mesmo uma fermosura, de cabelo comprido solto nas costas, saia de seda cor de cana rangendo baixinho, sapatos de cordovão com fivelas de prata, anel de brilhante num dedo, e uns olhos! Ah! se vacê visse aqueles olhos! – tão grandes e tão vivos que entravam à força no esp'rito da gente.

Tinha um pé de coqueiro adiante da casa, pus o ombro nele: fiquei olhando, fora de mim, um tempo velho, aquela moça novata na vila, que ninguém não conhecia, e que tinha peito de 'tar ali, horas e horas, no escuro, passeando p'ra cima e p'ra baixo, arrastando cordovão e fuxicando seda, gastando jóia ansim. Ela, às vezes, entreparava um tiquinho, pregava os olhos em mim (eu tremia, palavra de Deus), e continuava no passeio, plaque-plaque-plaque, bonita de fazer medo.

Achei, afinal, que aquilo não tinha cabimento, ficar eu ali à toa, campeando o que não guardei, olhando, decerto, p'r'o guardado dos mais.

Tratei de me apinchar p'r'a outra banda, porque a noite ia esfriando. Despeguei o corpo do coqueiro, e ia saindo, quando a tal moça virou de tudo p'ra mim, granou em mim aqueles olhos graúdos. Fiquei balanceando se havéra de ir ou de voltar.

Voltei. E, criando uma bruta corage', preguntei p'r'a rica moça:

— 'tou vendo vancê tão só que vim saber se percisa dalguma coisa, se não lhe sirvo de nada.

A moça pôs os olhos nos meus olhos. E eu tremi no corpo inteiro, vacê nem calcula! Com pouca demora, ela me arrespondeu, falando sussegado, muito maciinho:

— Perciso muito: se vancê quer fazer uma obra de caridade...

— Quero, 'tou às suas orde's!

— ...há de me acompanhar inté na minha casa, p'r'o lado da serra, que 'tou suzinha e perdida!

Do lado da serra, aquela riqueza de moça? Eu duvidei, isso duvidei. Mas porém não tive ânimo de me negar, falei que sim, que acompanhava a moça, que 'tava pronto. Antão ela reparou bem em mim, não disse mais nada, e saiu adiante. Fui caminhando, umas duas braças atrás; e pondo atenção naquela boniteza de corpo, que brilhava no escuro. Ela não dizia esta boca é minha, botava o pé na estrada, e os sapatos de cordovão iam rangendo, e as solas raspavam devagarinho o chão, plaque-plaque-plaque.

Dobremo' aquele corguinho da estrada de Santa Cruz, trepemo' despois o morrinho, a moça 'tava calada. Às vezes, quando eu levantava os olhos, parece que via um resplandor em roda da cabeça e do pescoço, e embaixo do resplandor o cabelo solto pretejava inda mais.

Fronteemo' aquele primeiro capão da chac'ra do Chico Manoel, fumo' varando. As corujas do campo a mó' que 'tavam malucas, essa noite: era um voar sem parada em riba da minha testa, que me deixava azoretado. Quando cheguemo' naquele outro capão, a moça parou um pouco:

– Faça o favor de entrar comigo neste mato, um instantinho só!

Entrei, vacê não pode saber com que admiração, e ela ia sempre adiante. Parou um pouco, outra vez, já dentro do capão, perto de uma figueira-vermelha.

– Agora faça o favor de me esperar um instantinho só!

Nem vi direito p'r onde ela sumiu. E sumiu. Sentei numa volta de cipó, 'maginando coisas esquisitas a respeito daquela dona tão estúrdia, quando me deu vontade de pitar um cigarro. O cipó não 'tava firme: fiquei meio de coc'ras p'ra acender o cigarro, fiz fogo.

Ai, nem fale! – o que eu vi me esfriou a alma. Eu 'tava em riba duma ossama de gente, uma ossama branca, sem carne, c'os dentes rindo na boca e os olhos vazios grudados em mim. Gritei pela moça, qual nada! – a moça não deu sinal de si. Na mesma hora, não sei como, não sei por quê, pensei no Tibúrcio: e, como ele remexia muito p'r aquele capão, tive logo por certo que era ele quem tinha passado p'ra melhor no desamparo, entre meio das corujas e dos lobinhos, nalguma noite feita de geada.

Despois, vacê bem sabe o que aconteceu: andei avariado do juízo uns meses, correndo fado p'r o mundo, sem não reconhecer ninguém. P'r amór de quê, não sei: mas porém vacê, que é tão estudado, me diga por que foi que me apareceu a tal moça, e me levou p'r'aquele rumo, e suverteu de repente? Não foi mandada de Deus? O corpo dum filho de Deus, por mais desgraçado que ele fosse, não tem dereito de sepultura no sagrado? Pode vacê dizer que não, e eu não tenho nada p'ra teimar, que sou cego em tudo isso: mas, se não foi Deus que me chamou p'r'a supradita moça, quem foi antão? O triste do Tibúrcio não teve ninguém por si, na vida; na morte havéra de ter!

NA FOLHA-LARGA

— ...e 'liberei uma vez conhecer a viração do mundo. Passei a mão numa espingarda entusiasmada que eu tinha, cheia de mixoieiras e toda troxada, peguei no pala de seda que truxe da Faxina, apinchei o chapéu na cabeça, como quem já 'tá mesmo p'r o que der e vier, saí no terreiro.

A minhã 'tava de rosa: não se via uma nuve', por piquenina que fosse, em toda a largura do céu. Aquela montoeira de morros e de serras, que ficava na frontaria da minha casa, reberberava c'a luz do sol e parecia de repente pegar fogo: e em riba das outras serras e dos outros morros, p'r atrás daqueles e mais artos, parava uma fumaça fina, muito crara, que a gente não podia saber donde é que vinha.

Sentei num cerne de tapinhoã, apadrinhado c'a sombra da porteira, e 'garrei a desfiar o rosário da minha triste vida. Por que é que eu ia s'embora? Por que é que eu largava o chãozinho, onde era tapijara velho, p'ra ser vindouro e bisonho na terra dos outros? Por que é que o meu coiração 'tava batendo apressado e soturno, que nem sino em sexta-feira maior?

Neste entretempo, um tico-tico veio avoando do vassoural, passou a par c'a porteira, reparou em mim e refugou, fez ûa meia parada, nos ares e desceu num pé de folha-larga que tinha perto do terreiro. Ficou bem no fundo duma folha, rente c'o tronco da arv'e, alevantou a crista encarnada, e pegou a dobrar que era uma boniteza. A gente via só a curva da folha, o topete do passarinho e a tremedeira da folha, cada vez que o passarinho cantava mais apaixonado.

Eu não sei se já teve arguém neste mundo que fosse ansim ver eu: quando escuto uma cantoria linda, ou o dobre dum pass'o no escuro do mato, ou a voz dûa criatura fermosa em lugar de aparte, fico turvo, fico soronga, fico fora de si. O canto do tico-rei entrou direito na minh'alma, buliu e remexeu lá dentro numa porção de coisas que eu quase não alembrava mais...

Foi num dia tal qualzinho aquele, enxuto e limpo, que eu fui especular a causa de a sá Zina me tratar meio de resto, quando eu andava por ela feito peixe longe dágua. Atorei p'r o trilho do mato, que encurtava o caminho, só p'ra topar mais depressa c'a sá Zina, ante' que ela principiasse a jurema do biju, porque era vesp'ra de mercado no arraial.

Ansim que rompi da capoeira p'r'a estrada de rodage', sá Zina me apareceu tirando leite duma vaca mocha, c'um avental de andorinhas e as duas tranças do cabelo enroladas p'ra cima, uma flor de maravilha no meio das duas tranças, e tudo quanto era lindo na cara descascadinha e rosada!

Ai! Jesus, que sá Zina era um encanto! P'ra mim ela sempre teve quero-mana, sempre foi a mesma doçura, mas porém de longe; de perto, se eu puxava quarquer palavra intencionada p'r'a banda dela, sá Zina desviava como quem não entende do causo, ou faz que não entende. Tudo aquilo me ripinicava o coiração e me deixava o coiração numa dependura toda a vida, por eu não saber se sim ou se não devia esperar por ela.

Naquela minhã, já eu trazia a prosa inteira feita, já vinha tudo de cor e salteado, p'ra desmanchar a deferença que tanto me atromentava, p'ra ficar ali conhecendo bem conhecido o que é que eu havéra de fazer. Fui-me chegando a pé por pé, sossegado e vagarento, apesar que o coiração me 'tava dando urros desesperados na caixa do peito.

Ela, nem bem me viu, logo se ponhou na linha, levou o jarro do leite p'ra riba da cacimba, desamarrou o bezerro e soltou a mocha e a cria no pasto. Deu-me um adeus muito murcho. Alisou o avental. Fez como quem ia p'ra dentro.

Eu, antão, rasguei-lhe o pinho:

– Sá Zina, venho após de vancê, p'ra acabar duma vez co'esta dúvida que eu trago escondida, e que vancê bem sabe donde vem. Tenho-lhe dado minhas pelotadas, tenho-lhe dito mais isto e mais aquilo, na presença dos mais, e vancê tem trocido o corpo, eu entendo muito bem. Agora é o derradeiro: não soporto mais esta vida ansim: 'tou que nem uma arvinha nova de ingá na pedra mais arta da corredeira: a enchente aí vem roncando braba: o ingá não tem sustância p'ra combater c'a enchente: sá Zina, se vancê não tem pena de mim, eu caio e morro na correnteza...

Ela 'panhou um jeito muito sisudo, e me disse com boas maneiras:

– O que é que eu hei de lhe falar? Vancê conversa largo, eu não sei conversar ansim; vancê é moço bem estudado, eu sou aqui uma caipirinha rust'a que mal e mal assina o nome; vancê tem viajado p'r esse mundão de mundo, eu vivo encaixoada nestas lonjuras c'o pai e c'a mãe, trabucando a minha vida, sem fazer mal a ninguém. O que é que eu hei de lhe falar?

Ateimei como quem vem seguro nûa mente:

– Eu quero que vancê me diga se gosta de mim, se pensa em mim, se tem amor por mim. Des que vancê me diga isso, eu lhe pido p'r'o seu pai: já 'tou na idade de alevantar fumaça por minha conta, e corage' e talento de braço não me farta! Vancê me arresponda isso, só isso, e p'ra mim 'tá tudo pronto.

Pode que fosse engano, mas ali me pareceu que a moça mudou de cor. Até me representou que ela teve de se amparar c'o escroçador da cacimba. Pode que fosse engano. E ela me disse despois, nada mais e nada menos:

– Moça sortera é p'ra casar, não é? Se vancê acha que deve me pedir p'r'o pai, pida. Conversando é que a gente se entende: mas porém é c'o pai que vancê deve de conversar.

Arei c'a sá Zina p'ra ver se ela me dizia coisa de mais esperança, mas qual! ela 'tava tão firme naquele prepósito que tive de me arretirar como tinha vindo, sem ponhar um pé adiante. E matutei consigo mesmo, horas e horas:

– Tudo isso é luxo de moça cheia de si. P'r amór de a gabação que a gente faz, moça deste porte pega um entusiasmo que nunca mais acaba nem esmorece. Pois eu não sou rapaz que ande correndo atrás de sombra, nem faço barro na porta de quem não me quer.

Sá Zina 'tá fria, não 'tá? P'r esse fundão de mundo tem muita Rosa, muita Maria e muita Cesara de mais calor!

Alevantei, fui-s'embora. O sol tinha esquentado. E o tico-rei, naquele instantinho, dobrou com tamanha tristeza e tão dobrado que eu fui chorando p'r o caminho, como aquele que perdeu arguma coisa que estimava muito e não tem nenhuma fé, agora e mais tarde, de encontrar o que perdeu...

Passados uns dois anos, me contaram, ouvido por boca da própria sá Zina, que ela sentiu demais a minha retirada, e foi ficando c'ûa malinconia que nunca lhe largou, nem de dia, nem de noite: e que morreu falando o meu nome, num dia de festa grande, como quem vai ver chegar uma pessoa de estima e de amor.

E eu não entendi nada de nada: saí p'r'a vida feito um louco, andei rodando p'r a vida feito uma canoa desgovernada, e agora 'tou suzinho e triste na vida, feito aquele tico-rei que vi dobrando tão delorido no fundo da folha de uma folha-larga...

CANTADOR

– Por que é que me chamaram de Guaturama? À toa não foi: sabe Deus e todo o mundo que eu e a minha guaiuvira andemo' tão aparelhados que não hai nada que supare os dois. Tem cantador mais bonito, mais alto, mais rico e mais importante; que solte a voz com tamanha paixão e tanto gosto, como eu, não tem.

Sei modas antigas e modas novas, de folgar no fandango e de cantar sentado, de samba e de sarandinha. Quando apareço num pagode, por menos entusiasmo que o povo tenha, tudo esquenta, do pé p'r'a mão. Às vez' chego a 'maginar que não valo quaje nada, mas a minha serventia é a do graveto, que acende lume e faz fogueira.

Agora, anda já por metade de ano, peguei a sentir, volta e meia, um peso em riba do coração e um trinado de grilo nos ouvidos. Não gostei do trinado nem do peso. Fui percurar um doutor em São Paulo, mocinho ainda, mas de fama e tanto: ele me apalpou e me escuitou p'r a dereita e p'r a esquerda, c'uns instrumentos esquisitos e complicados, me arrochou o braço dereito c'uma estúcia comprida de borracha, escuitou muito tempo, afrouxou e arrochou de novamente o dito aparelho, escuitando sempre. E me fez preguntas de todo porte, como se eu fosse um criminoso e ele um delegado, acabando por me dizer que eu tenho não sei o que na aorta (você sabe: esta veia grossa do pescoço), e percisava de levar a vida com jeito, sem fazer força de pulso nem cansar demais o corpo.

P'ra dizer que aquela notícia foi boa, principalmente ansim com feitio de sentência, não foi. Porque, afinal, não tem graça nenhuma ficar na entrevia um home' de trinta anos e coisa (vou fazer os trinta e oito no tempo da jaboticaba); eu aprojetava isto, aquilo e aquilo outro, carregado de confiança, cuidando que mandava na vida, porque a vida era e é minha. E ela principia a mancar!

Pois principie! Não me importa esse pique do fado: ponho o peito e a vontade arriba de tudo. Se eu fosse um sojeito de corage' pururuca, todo me quebrava agora, de desânimo e de medo. Mas home' é home', não é? Nem um susto me bambeia, nada me apincha fora dos eixos:

hei de seguir o meu caminho, de cabeça alevantada, até um dia, até o fim...

P'ra lhe amostrar que 'tou sempre no meu chão, sem moleza nem tremura, vou pôr p'ra fora as modas velhas, que você pediu. Umas são do tempo do Onça, outras de quando urrava a guerra do Paraguai, outras nem sei de quando. Você pode refugar esta ou aquela, pode até desquerer todas e mandar que eu feche a boca: não fui eu que fiz nenhuma e, se fosse, era a mesma coisa.

Esta, que vai puxar a fila, é uma que aprendi lá em cima, na ponte do Rio Doce, entre São José do Rio Pardo e Casa Branca, e o folgazão chamava Carro Ferreira:

Marimbondinho, marimbondão,
subiu na serra de São Simão,
escolhendo as moças pela feição,
empurrando as velhas no buracão.
    Ai, João!
    Olha a tua ingratidão!
Marimbondinho, marimbondão,
subiu na serra de São Simão...

– Que moda mais matada, esta! Alto!
– Bamo' ver outra, duma tal Maria Belchior, também lá de serra acima:

Aranguaxi, aranguaxá.
Oh! que moda tão custosa,
que o meu bem mandou cantar!

Na serra do Mato Grosso,
bem perto de Humaritá,
eu corri até alcançar:
achei teu rasto na areia,
alcancei o que eu queria,
agora posso voltar.

Isto já são horas mortas,
perto do galo cantar:
menina, entra p'ra dentro,
fecha a porta, vem deitar.

– Esta, agora, 'tá boa que nem cigarro fumegado!
– Cigarro fumegado?
– Não, melhor um pouco: sarro de pito!
– Bamo' ver outra, daquele Mané Lambança, que veio de São Sebastião:

Viva o nosso Conde d'Eu,
e também os brasileiro'!
Os voluntário' da pátria
já se vão a recolher.

Os guarda' nacioná',
esses vão p'ra padecer!
Corre, Lope'! Corre, Lope'!
Caxia' te quer prender!

O Lope' já pediu paz,
Caxia' não quis ceder...

— Meu Deus! que moda pau! Nem percisa ir mais longe!

— Bamo' ver outra, sem barulho e de pouca arengada, que também foi trazida pelo Mané Lambança:

Não sabeis o quanto dói
uma sodade no mar!
Só quem navega é que pode
a verdade confirmar.
— Estrela d'alva do dia,
pera onde caminhais?
— Caminho pera bem longe!
— Grande viage' levais!

— Esta quaji que serve! Também, se não aparece um pouco de bijuva no meio de tanto limão azedo! O que é isso, Guaturama? Você de repente berganhou de cor e 'tá azulego: o que é isso?

— Nada: esmoreci meio minuto, 'mó' de um bacázio que senti no coração e uma nuve' que me passou na frente dos olhos. Acabou-se tudo, já 'tou firme ver moirão de caxeta em pântano!

— Como foi que aconteceu?

— A bem dizer, não sei. Eu 'tava reparando nesta lonquinha de terra que deixemo' em cima da pedra, só p'ra não botar abaixo o pé de jacatirão que se enfeitou de fror na copa inteira. Se não quando, veio aquela tontura... mas tudo já se acabou. Imo' ou não imo' p'ra diante, c'o carreto do barro?

— Imo' p'ra diante, como não?

— E eu vou tirando o eito c'ûa moda miúda e verdadeira, que me ensinou o João Balbino, caçador de perdiz, na ilha da Miséria, Mogi-Guaçu acima:

Meu amor, p'r amór de outro,
assentou de me amassar:
eu, por me ver amassado,
assentei de arretirar.

   Ai! ai!
Não me queixo de ninguém,
   ai! ai!
Não tenho de quem queixar:
isto são primeiras prendas,
que o amor costuma dar.

— Esta valeu, Guaturama! É pequetita, diz o que é certo e não deixa de ter, lá p'r o meio, seu açucre refinado com folha de losna... Agora você não esqueça o mandado do doutor.

— Esqueço e não esqueço. O que val' recomendar p'r'um home' de jornal, feito eu e você, que trabalhe mais brando e trate de si com mingaus de araruta, sopas de tapioca e de aveia, se cada um faz o que pode e não aquilo que é perciso fazer? Hei de lidar c'a minha ferramenta, brigando ou fazendo as paz' co'a terra, até que a terra chegue a me vencer e me estenda duma vez! Mas daqui até lá, temo' ainda muito que ver!

A moda, que você vai conhecer, é daquela mesma rodada que eu e o João Balbino fizemo' pelo Mogi, sem matar um curimbatá que fosse, p'ra mésinha, e sem ver, nem que fosse no sonho, a figura de uma paca ou o vulto de um batuirão:

Avistei ûa italianinha
na rua do cafezal;
eu cheguei, falei com ela:
– Largue mão de trabalhar!

Ela virou e me disse:
– Dinheiro custa a ganhar! –
Cabelo solto nos ombros,
trançado sem amarrar.

– Baralho, meu bem, baralho,
para nós junto' jogar:
se eu perder, vancê me ganha,
com vancê eu vou morar.

Uma italiana bonita,
que me faz adimirar!

Despedi da italianinha,
ela 'garrou a chorar,
c'ûa mão limpando o rosto:
– Meu bem, quando voltará?

– Chegou agora, Guaturama! Despois desta, que é tão fermosa, qualquer outra havéra de ser um desastre. E você tem que alembrar do que disse o doutor!

— Alembro e não alembro. Paro aqui, porque o dia 'tá fechando, e você decerto não gosta de apostar c'os vagalumes do brejo nem c'as corujas da capoeira. Paro aqui, porque já não se enxerga bem divulgado o chão que a enxada tem de cortar. Mas o que lhe afianço é que não tenho pavor nenhum do que tem de acontecer, mais hoje, mais amanhã. Não hai, no mundo inteiro, home' que seje eterno. E hei de morrer fazendo festa p'r'a vida, cantando e cantando, sem dor nem malinconia: hei de cair, mais cedo que os da minha idade e minha iguala, mas tal e qual o jacatirão que larguemo' vivo naquela tira de terra, todo coberto de fror!

SONHARADA

– Custei a pegar no sono esta noite. Andei o dia inteiro campeando sussego p'r esses fundos de grota, p'r esses altos de morro, foi tempo perdido: um home', quando 'tá triste de amor, quando 'tá muito amaguado, cuida que na viração dos anos ou na labuta do comércio esquece a pena e a tristeza, e não esquece nem um pouco: a tristeza vai-lhe carregada no coiração, por toda parte, que nem um castigo.

Eu bem que disse sempre: não queiram que eu deixe da Anica, eu tenho pela Anica uma paixa decidida, vocês não podem tirar aquela criaturinha do meu sentido! Despois, quando dois se querem de verdade, como eu e ela, é à toa teimar: o melhor é já duma vez não fazer contradição nenhuma, largar os dois à percura de sua sorte, como a Deus for servido.

A gente dela não me quis dar atenção, p'r amór de nossos pais serem políticos duns anos velhos: achou que nós havéra' de botar a idéia p'r outras bandas, logo ansim a dois arrancos. E a minha gente 'maginou também que o meu querer era um passatempo, uma leréia de rapaz do folguedo, que se conta por adivertimento em roda duma fogueira, ao pé dûa mesa, num descanso de tarefa, num entremeio de danças. Ora veja só você como não andava enganada a minha gente e a gente dela!

Quando cheguei de meus giros, o dia tinha fechado. Parei na boca da capoeira, fiquei reparando um eito grande na montoeira de nuve's amareladas que inda se viam no céu, ali justinho no lugar adonde o sol sumiu. Aquilo, a princípio, era ver uma queimada que se olha de muito longe: por baixo o fogo vivo, em riba a fumaceira denegrida, com cada rolo de assustar. Mas pouco a pouco, sem eu querer, sem que eu nem percebesse como é que tive essa lembrança, foi-me representando as labaredas do inferno, como tenho visto pintado nuns papéis que aqueles padres das missões espalharam p'ro povo. É que p'r'um filho de Deus, que véve como eu vivo, nûa malinconia que vira em desespero, o próprio céu, às vezes, chega a parecer a feiúra do inferno, e viça-verso, Deus que me perdoe!

Entrei p'ra dentro, vi na capoeira uma voz sumida de jaguará-cambeva que perdeu as horas e inda quer alimpar com algum pássaro bisonho, alguma tovaca desnorteada, alguma borraiara comedeira de ovo. E pinchei-me na cama, todo moído de canseira, bambo e entregue. E foi nessa hora que a lua branqueou tudo.

Olhei-que-olhei aquela munheca de guatapará que 'tá pendurada a par c'os arreios, e tem ûa malha branca logo arriba das unhas: o sono passeava longe. Finquei os olhos naquele croá que nhá mãe ponhou no meu quarto p'ra cheiro e enfeite: nada de sono. Afirmei a vista naquela rede de tucum que me trouxeram, dada da Cachoeira, e é minha distração, num dia dos piores: e o sono não chegava. Ansim, varei um espaço grande.

Mas porém afinal senti um meio negrume adiante de mim, fui-me desalembrando de que eu era eu mesmo, não me tive mais por gente: caí na única alegria de duração que topo neste mundo.

'garrei a sonhar no mesmo instante. Eu 'tava enleado numa cipoama doida, rente c'uns arvoredos tapados, e não podia dar o mais pequeno passo. Olhava p'r'o lado, não via nada mais que a taquarada quicé que trançava dum jeito desabrido. Voltei a cara um pouco, pude divulgar um pau de minduim-brabo, muito grosso, bem alto, que abria em cima das taquaras uma ramalhada escura. Tinha numa forquilha do minduimbrabo uma viuvinha sentada, piando pios muito desconsolados, e dando volta e meia uns avôos que não passavam de três braças. Os piados da viuvinha me buliam no coiração: por que seria, não sei. Que eu quero tanto bem esses bichinhos do mato que inté me parece às vezes que entendo a linguage' deles.

Quando senão quando, escuitei a voz do pai da Anica:

– Eu não te disse, filha, que o Vergílio é um pamonha, é um calça-foice, um coisa à toa desanimado, que só tem serventia p'ra desentocar as cotias nos cernes e tentear as pirapitingas no rio? Olha o diabo como 'tá serenando naquela volta de cipó-cambira, feito quem tem muito dinheiro a jure e não percisa de fazer pela vida c'o suor do próprio rosto! Olha bem, minha filha!

Acordei garoa. Eu era muito suficiente p'ra fazer um despotismo em tal 'casião. Mas logo me veio no sentido que a voz que eu ouvia era do pai da Anica, e no sonho virei p'r'o outro lado, entrei no sono outra vez, um sono maneirinho, de quaje nada. Agora eu 'tava na beira de um corguinho de pouca proporção, vendo a borbulha d'água dûa mina que esgotava p'r'o córguinho ali mesmo, e cuidá-cuidando em tanta coisa que inté nem me alembra dereito. A Anica apareceu de repente da outra banda do córgo, rindo que era um gosto, muito bonita no seu vestido claro de pingos, c'uma flor de bugarim na cabeça. Ia-me dizer uma palavra, quando rompeu detrás dela, dûa maneira de espantar, a mãe zangada, falando que não tinha propósito aquilo, vir ûa menina das qualidades dela combersar, longe de casa, c'um cadoz como eu, um sojeito que vivia logrando e fintando os mais, um trenzinho de relé. Senti um nó na garganta, mas ainda não pude dizer:

— Vancê não aprova, siá Rita, que eu seja rúim como isso: eu tenho sido um rapaz trabalhador e nunca dei perjuízo p'ra ninguém. Eu bem sei...

Mas acordei outra vez, iroso e desesperado. O suor 'tava-me grudando os cabelos uns nos outros, uma tremura me corria no corpo. E só despois que vi que tudo era sonho assosseguei de novamente, e tornei a ferrar no piquira, já meio azaranzado. Cada passinho eu 'tava acordando. Olhava p'r'um canto e p'r'outro, tomava fé muito firme das coisas, e o mais que via era a reberberação da lua na maçaneta do catre, nos pelegos estendidos, nas folhas secas do sapé da cumieira. Houve uma hora que quem eu vi foi o pai, muito sério, que me dava um conselho:

— Vergílio, a Anica não serve p'ra você: veja bem que ela é muito placiana, muito dançadeira, muito cidadoa, muito fanguista. Você é um moço da roça, que enverada no serviço ver um louco, mas não passa de ser um moço do trabalho, não sabe as cortesias da praça, é um mucufo bom filho e bom irmão, nada mais. A Anica não serve p'ra você, veja bem.

Eu não disse tique nem taque. Olhei p'r'o velho uma temporada, meus olhos pegaram a merejar, vi que p'ra mim andava tudo torto: voltei p'ra trás, fiquei jajá por inteiro, porque adiante de mim 'tava um boqueirão medonho, muito ingre', coberto dumas plantas espinhenta' e salvage', por entremeio das quais me chegava o rumor grosso duma água forçada que rolava no fundo. Aí por um pouco não chorei de puro desânimo: mas rezei um padre-nosso, fiz o sinal da cruz, e acordei já sem o horror de dante', mais confiado.

Principiei a encarreirar uma conta esquisita: era p'ra marcar um sim e um não dentro de cinco dúzias, p'ra ver se eu casava ou não c'a Anica: caso, não caso, caso, não caso... Fechei os olhos contra a vontade, contei um tanto, vi-me enrolado numa samambainha de folhas bem recortadas, num fundangão de furna. Tudo 'tava quieto, o lugar era um purgatório, de triste: e um oroma de almécega, um oroma p'ra tontear a gente, andava misturado c'o cheiro vivo do araticum-de-conde: porque era no mês de março, a mó' que tinha chovido, e o sol apontara muito quente. Vi bem a fala do pai da Anica, nesse momento, e a fala dele era concordada e mansa:

– Pois se vocês querem mesmo, o que é que eu hei de fazer? Deus que abençoe tanto um como outro, que eu já não pelejo mais p'ra vocês não casarem.

Não pude mais ter mão em mim, levantei, abri a janela, vi quando o premeiro jacu-caca bateu as asas, inda no turvo da madrugadinha, e aprumava p'r'aquele coqueiro que você 'tá vendo. Logo uns par' deles também fizeram a mesma viage', e a galaria toda deste bairro cantou duma vereda. Saí p'r'o pátio, pus um braço no moirão de porteira, e afundei neste pensamento e nesta resolvição: diz que o sonho sai certo, não é? – pois antão já vê você que a sonharada que eu tive há de ter seu cabimento. Sonhei sempre c'o mato-grosso, você não reparou? É sinal que eu tenho de romper p'r o mato-grosso fora. Sonhei que a gente da Anica, de premeiro, só porferia coisas que me atromentavam: é sinal que dita gente não me quer. Mas que despois o pai dela disse que não se importava mais com coisa nenhuma: é sinal que ele por fim há de aceitar o que já 'tiver feito.

Sabe o que mais, parceiro? Vou roubar a Anica. Eu nunca fui ladrão de moça, nunca fui rondador de famílias alheias, mas não agüento mais este tamanduá que eu trago no coiração, fazendo-me um aperto e uma dor que eu nem sei soletrar declaradamente. Abro o pala p'r o sertão do Rio Preto ou p'r algure': hei de achar algum juiz que me arreceba co'a Anica e algum padre que nos ponha a benção. E quando não ache, Deus, que é pai, há de ter piedade de mim e dela. Quem ama com fé casado é: você também não pensa ansim? As estrelinhas do céu não hão de apagar p'ra nós dois, nem o sol há de ficar mais escuro, nem a geada será mais fria p'ra mim e p'r'ela, que p'r'esses outros moços e p'r'essas outras moças que cumprem seu destino aqui e ali, mais perto e mais longe, na imensidade da terra!

NO ESCURO DA NOITE

— A história dele eu sei na pontinha da língua, você quer ver só?

O Quelemente era um rapaz cabreiro duma vez: suvertia na boca da noite p'r'aparecer no clarear do dia, e nesse meio-tempo ninguém não dava a mais pequena notícia de similhante sojeito. Você conheceu o Quelemente? Não conheceu? Pois olhe que perdeu grande coisa: porque ali, tirante a cachaça que ele tinha p'r as moças, 'tava um home' de sola e vira, dereito nos tratos, amoderado na conversa e destrocido no trabalho. Despois, era bem apessoado, tinha a barba bem preta, comprida, os olhos grandes, a boca rasgada, uma dentama linda e a voz macia.

A desgraça dele (vamos lá e venhamos cá!) foi apaixonar-se pela Marica, sem primeiro não indagar que casta de gente era o marido dela.

Ora, o Zezé Rodrigue', como sabe Deus e todo o mundo, sempre foi o tutu daquele meio todo: mineiro ocasionado, de gênio muito forte, que vivia fazendo cacunda p'r'uma capangage' levada do sarro, não aturava um isto de desaforo ou pouco causo, se tinha dúvida c'um pobrinho sem peito, escorava só o outro, fazia-lhe judiação em riba de judiação, trepava-lhe na alma de vereda; se o contrário não dava parte de fraco, e agüentava destemido o balanço, aí o Zezé Rodrigue' não rompia de frente, perparava-lhe esperas, armava-lhe tocaias feias, punha-lhe na cola os advogados das Abob'ras, até alinhavar c'o inimigo.

Além de tudo, o Zezé Rodrigue' tinha um grandioso canela p'r a Marica. Dizer que ele queria muito bem a mulher, não queria: tanto que arranjava pesqueiros novos por quanto rincão havia, e levava neste ponto uma vida bem estrangolada: mas entendia que a mulher era tanto dele como a própria terra em que batia os pés. Podia largar a propriadade ao desamparo, praguejada e ressecando, sem um pé de bananeira ou de mamona que fosse, p'ra melhorar o chão: ninguém trazia dereito de lhe entrar nas pósseas, p'ra cá dos fechos. A mesma coisa havéra de ser co'a costela...

Pois o Quelemente andava muito por longe de conhecer o interior daquele bisca, e de 'maginar que a maior ventage' dele era ponhar um pago por detrás dum toco e liquidar a vida de seu similhante. Pensou, lá consigo, que não zelava dereito do seu quem se aventurava a fazer roça no alheio, e assentou de ferrar um namoro c'a Marica. Aqui entre nós, agora, que ninguém não nos ouve: a diaba da pinhã é uma barbaridade mesmo, de fermosura, não é? Topou c'a morena, certo dia, na pinguela dum córgo, deu-lhe a mão na passage', foi placiano em desmasia: e ao despois, como já se via derretido de dias atrás e lhe tinha feito pé-de-alferes nas outras novenas (ela voltava da derradeira novena de São Sebastião), rasgou-lhe o pinho bem rasgado.

A morena avermelhou, ficou tatibitate, foi andar e tropicou seu pouco, por onde você vê que ela se travou da língua e dos pés: e quem sabe se já não ia travadinha do coiração? O rúim foi parar ali por perto uma tal Caruta, moça do facho por quem o Zezé Rodrigue' 'tava de beiço, e que com pouca demora lhe deu por notícia a relação da historiada. A Caruta, que era tomadeira de conta dos tafulos, que só queria Deus p'ra si e o demo p'r'os outros, inda lhe fez amargar mais o causo c'umas palavras ansim:

"É p'ra vassuncê ver, seo Zezé, no que dão as mulheres de bem, as entusiasmadas que olham as coitadas como eu por cima do ombro! Despois, quando se levanta a voz p'ra contar um disparate destes, é porque é uma tiriba que 'tá enredando, é ûa má que quer fazer mal p'r'as boas, um coisa rúim que morde nos pés dos santos! Eu, se não fosse a amizade que lhe tenho, inté nem me importava co'esta brincadeira, ché!"

O Zezé Rodrigue' 'tava amontado num matungão pangaré, triste dos alicates p'r'uma carreira, descanelado e dos olhos espaventados, muito reparador, muito fuá: correu-lhe a ferramenta com tuda a força, deu uma assentada inté perto de dez braças, fez o cavalo voltar nos cambitos, e roncou feio e grosso:

"Saiba vancê, nhá Caruta, que o Quelemente prantou em bom chão!"

E rompeu p'r a estrada afora, no mesmo sofragante, feito um perdido, ver um tapera que vai p'r o rumo do vento e das águas.

O carreiro do Quelemente era conhecido e reconhecido. Ele nunca pousava no sítio, mas porém de manhãzinha campeava a morada, despois de varar a noite no arraial. A distância 'garrava ûa meia légua, e por isso ele tinha que fazer madrugadas loucas, p'ra principiar o serviço no abrir do dia: 'tava c'um empreito de dez mil pés na vertente do Lambari, e o cafezal andava areadinho.

Ansim que o Zezé Rodrigue' apeou no pátio de casa, ali p'r as vizinhanças mesmo, mandou chamar um baiano bonzão, amulatado, p'ra lhe dar a tarefa daquele dia. O camarada, não sei p'r onde é que mexia aquela hora, custou a aparecer; e, antes que aparecesse, o que premeiro se 'viu foi a voz dele, de longe, cantando um verso de valentia, como esses tais têm por costume de cantar:

> Sou filho da cobra verde,
> neto da cobra coral:
> eu mato sem fazer sangue,
> e engulo sem mastigar.

O Zezé Rodrigue' explicou-lhe que aquele dia era de folga, não tinha serviço, mas que de noite se achasse pronto p'ra fazer uma limpeza.

Disse-lhe as coisas por miúdo, mandou-lhe que arranjasse outros dois camaradas de bastante fiança, e todos eles quatro havéram de passar a noite ao relento, vendo as estrelas do céu e escuitando os cafanhotos e as corujas do campo, esquentando a goela com algum golinho da que gato não bebe, contando as horas c'o mesmo gosto que se conta dinheiro.

A tocaia foi naquele esbarrondadeiro que tem p'ra cá um pouco do Lambari, você sabe. O Zezé Rodrigue' e os capangas levaram cuchichando a noite inteira, p'ra não se darem a conhecer, e sumidos num fundo de caminho largado. A pinga trabalhou a noite inteira. E a noite inteira o Zezé Rodrigue' varou fazendo exclamação e rogando praga de todo jeito. Quando o galo já tinha cantado duas vezes, e ia vesp'rando para cantar as três, 'viram um arrastado de sapatos, agacharam-se mais entre as folhas das gabirovas que tinha perto e davam p'ra encobrir a extrema do caminho, ficaram de suspiração encolhida, esperando.

Era o Quelemente mesmo que vinha vindo, bem se divulgava p'r o pala branquicento e p'r a toada do verso que ele cantava resmungado:

> Vancê diz que vai e vai
> eu também queria ir:
> vancê diz que não vai mais,
> eu também arrependi.

Quando fronteou c'a touceira de gabirovas, onde 'tava escondida aquela gente, saltou-lhe o baiano a dois passos, c'uma faca de ponta 'lumiando na mão, e o Zezé Rodrigue' logo atrás falando irado:

– Agora, seo garnizezinho enfeitado, é que nós havemo' de ver como é que se falta ao respeito a uma dona de bem! Você há de aprender em três tempos que não se pode mexer co'a caixa de marimbondo! E há de ficar escabriado!

Mas o Quelemente não era mole: ponhou a mão na guaiaca, em gesto de sacar a garrucha, e na certeza fazia um estrago qualquer, se um daqueles três pagos não tivesse a pior das sortidas, que foi dar-lhe uma cacetada na nuca, de perfeita treição: caiu redondo, atordoado, e ia levantar na mesma hora, quando o tal da porretada e o outro cacundeiro lhe pegaram nos largatos dos braços, com força e fúria onça, e o Zezé Rodrigue' guaiou uma risada asp'ra e rachada.

— Vire e revire, seo coisa, que é tempo perdido! Agora é que você vai ver o bom e o melhor!

E disse p'r'o baiano:

— Corte a barba deste porqueira co'essa faca!

O baiano 'garrou na barba do Quelemente p'r as pontas, c'os dedos da mão esquerda, e deu de cortar a barba, pouco a pouco, devagar e devagarzinho. E o Quelemente urrava, colerado e meio maluco:

— Bote essa faca nos meus peitos, duma vezada, mas não me atromente aos bocadinhos! Enterre a durindana no meu coiração, que mata um home', mas não faça essa injúria p'r'um filho de Deus que 'tá sem defesa!

A risada do Zezé Rodrigue' estrondeou mais forte no selêncio da noite:

— Agora 'tá conhecendo, guampudo? Isso é p'ra você percurar só a gente da sua iguala, e não andar querendo desencaminhar as mulheres dos outros!

Voltou-se p'r'o baiano e recomendou-lhe:

— Faça agora a misericórdia!

O capanga puxou da beira da estrada uma bruaca de sal cheinha de areia, e foi descendo a bruaca em riba do Quelemente, por todo o corpo, duas, três, vinte, cinqüenta vezes. Quando ficou muito cansado, revezou com outro, e ficou segurando o braço dereito do Quelemente, enquanto o tal continuava a surra. Por derradeiro, despois que os três já 'tavam suando em bica e o Quelemente já não podia parar suzinho em pé, moído que nem paçoca, desconjuntado e frouxo, o Zezé Rodrigue' preguntou-lhe:

— Antão, seo Quelemente das dúzias, inda quer mais um pouco destas?

O Quelemente respondeu do fundo dos peitos, desfalecido:

— Agora basta!

E foi largado dos braços. Caiu p'r'o chão que nem um travesseiro jogado no ar, embolado, sem maneiras de home', deu um suspiro muito grande, muito doído, vidrou os olhos. E passou desta vida p'r'a outra, de repente, quando a noite principiava a ficar cor de cinza e um bando de jacus dos verdadeiros abriu o vôo no capão que tinha perto.

MAU COSTUME

— A mulher, p'ra ser completa, há de mentir, nem que seje só em certos momentos. Mulher que fala sempre verdade inté é um perigo, pensando bem: arrepare no que sucedeu p'r'a coitada da Cotinha, casada c'o Quim da Serra, e veja se não tenho rezão neste meu dizer. Pois a boba contou p'r'o Quim que a casa andava sendo rondada pelo Damas, e que o Damas, numa das noites passadas, cumbersara co'ela umas cumbersas de pouco respeito. O que foi que aconteceu? foi o Quim virar contra a coitada da Cotinha, e meter-lhe os pés, sem mais esta nem aquela.

Quando eu truxe a Tuca p'ra morar comigo (você na certeza inda se alembra), a mó' que vinha trazendo uma riqueza: eu 'tava alegre por demais. Meu picaço comia a estrada, tão ligeiro e tão esperto: e muitas vezes a Tuca, que trazia as mãos trançadas no meu corpo, chegou a pedir que eu segurasse um tiquinho a rédea, porque ela quaje que perdia o fôlego, em tamanha correria. Hai muita 'casião que eu fico perto do picaço, olhando p'r'ele uma temporada velha, e digo com amargura: "Ah! meu cavalo de flor, não hai mais criatura nenhuma no mundo que mereça amontar na tua garupa!" São desmoralizações que a gente tem, p'r esse mundo largo, sofrendo tantas coisas!

A Tuca (você bem sabe) era mesmo uma beleza: com seus ares de seriedade, seu riso leve e seu andar de cassorova nas arv'es, matava um cristão. Eu sou cristão e sou morredor: morri por ela. Bom natural chegou inté ali e parou: não tinha egigências, era quieta o quanto se pode ser, macia de gênio, um anjo; tratava bem da obrigação, cozinhava dereito, lavava minha roupa com tudo o cuidado, não andava virá-virando p'r as casas alheias, deitava a hora que podia, acordava no crarear, vivia uma vida que não me dava trabalhos.

Nos premeiros tempos, ansim que eu chegava da rua, fosse quando fosse, caía de buquinhas em riba dela. A Tuca refugia o rosto, vermelha como juá dos mansos, e eu ficava agoniado. Não se judia ansim dum galheiro, pois não é? e eu preguntava por que motivo ela me fazia essa passage'. Ela avermelhava inda mais, abaixava os olhos p'r'o chão, pegava a trocer as barras do lenço, e não atinava com re'posta p'ra me dar. Eu, antão, sentia grandes prazeres em cuidar que decerto aquilo tudo era de amor e um salzinho de vergonha, por isso teimava, teimava, teimava, inté que ela me respondia... o quê? que tonteava de tudo, cada vez que eu lhe dava abraços e beijos. Tonteava, por quê? por causa de não ter o sangue muito efetivo. Já viu só?

Fui-me contendo, que a Tuca era ûa morena como não se encontra outra igual por estes matos. Lá por ser agora meïa tola (como lhe disse), não era pé suficiente p'r'eu não gostar da pobre. Enfim, isso ia sendo coisa que havia de desaparecer, des que ela pegasse a conhecer com quem tratava e ver que eu lhe queria de verdade. Amor é mesmo ansim: começa por muito luxo e acaba por muita sem-vergonheira. Eu lidava co'ela, p'ra conseguir que se abrisse comigo, não tivesse tantas ceremônias, proseasse ver as outras, fosse risonha: nada. Ria, é certo que ria: mas porém tal e qual moça de família, sem fazer rumor algum. Ora eu, se truxe a Tuca p'ra morar comigo, 'tá visto que queria uma companheira de virar e romper, saída e piricica, mas contanto que comigo e não c'os mais.

A morena não dava esperança de 'garrar o caminho das outras. Quando 'tava junto de mim, 'tava-me olhando: ai! que olhos, meu Deus de misericórdia! Logo-logo o meu corpo ficava arvoriçado: não sei o que é que me corria antão p'r as veias, que o meu corpo inteiro era um reboliço. Eu apertava co'ela p'ra me dizer por que me olhava daquele feitio: ela custava, demorava, e afinal, despois de eu muito rogar, explicava que era por distração, pedia que eu desculpasse, porque não havéra mais de olhar ansim, daí por diante. Eu esfriava num átimo, esfriava como se 'tivesse p'ra soltar o meu último suspiro: e inté (não vá pensar que é ejagero), às vezes saía de perto dela, ia p'r'um quarto escuro, ou p'r'o terreiro, e chorava que nem uma criança, horas e horas. Se eu banzava que aquilo de ela me olhar de similhante jeito era prova de gostamento!

Quando veio o derradeiro dia do ano – já fazia uns quatro meses que nós 'tava morando juntos –, a pagodeira foi grande em tudo o Picapau. Não havia esse que não recramasse festa, tuda a gente remexia as casas dos vizinhos, p'ra falar premeiramente. Saía-se por qualquer caminho, por qualquer carreador, à toa, já de longe se ouvia: "Olhe, eu quero meu ano bom!" Era uma pândega, porque nem bem um tal ou uma tal principiava c'o peditório, o parceiro atrapalhava aquela fala, e fazia o peditório mais depressa. Pois você aquerdita que eu saí de casa cedo, entrei em casa antes do almoço, vortei p'ra casa no escurecer, e a Tuca não abriu a boca p'ra pedir suas festas?

Ali p'r as oito horas, eu pratiquei p'r esta maneira co'ela:

— Devéra, Tuca, você não quer seu ano bom?

— Eu queria (re'posta dela), eu queria, mas porém vejo que você já me tem dado presentes em desmasia; por isso não me aventurei a querer mais nada.

— Ora essa! Presente é um, festas é outro!

E, por ela pegar a rir de um modo já deferente, dei de dar beijo em cima de beijo em quanta parte havia do rosto da Tuca. Ela sonegou o rosto, sonegou, mas porém eu teimei com meia força, inté que ela se entregou sem maiores reservas. Agora, se você visse que toco 'tava ali! Não amostrava entusiasmo a Tuca, por mais que eu fosse laceando nos meus carinhos. Por último, mal que eu lhe dei o abraço de despedida, nessa porção de mimos, ela ficou bem parada, c'os olhos cheios dágua, sem não dar conta de 'tar sastifeita ou aborrecida. Eu, em tal pedaço, preguntava p'r'ela, já louco duma vez: "Você me quer bem às dereitas? Você quer, Tuca?", e ela arrespondia: "Quero", mas de sorte que, p'ra mim, o quero dela não sinificava coisa alguma!

Entristeci que nem garça na beira da lagoa. Que dianho! não custava nada mentir seu bocadinho, 'o menos p'ra me contentar! Era um querer bem de gente casada, num sussego sem propósito. Mulher não é só p'r'arranjar uma cama, aprontar uma janta, costurar nûa máquina: mulher é também, e acima de tudo, p'ra saber juntar um colega com tuda a força, e machucar bastante, des que não mate: quanto mais apertado for o abraço, e mais inzonado o beijo, melhor!

A Tuca é certo que me estimava. Mas porém isto de moça é conforme: sendo arrecebida no juiz de paz e na igreja, séria que nem uma Nossa Senhora de altar-mor, falando mal; sendo destas de domingo e dia santo, deve de ser divertida como quê, p'ra não se cuidar que se 'tá na amarração.

Enjoei da Tuca: a Tuca é ũa morena criada que inda parece menina nova, nunca vi! 'garrei chão, não pude mais. Foi uma prantaria que não tinha acabamento, ansim que calcei minhas botas, ponhei minhas esporas, desabei meu chapéu na testa, montei no meu picaço, e risquei as mutucas. P'r'ela não se queixar de mim, botei na mesa um pacote de dinheiro que atura um ano, decerto. Ela ficou fazendo exclamação, apesar que eu não contei que largava dela p'ra tuda a vida, e eu tocava o picaço e falava suzinho comigo:

"Agora é tarde, morena! Agora é 'toa! Vou-me embora p'ra não voltar nunca mais. Você não sabe o jeito que o mundo tem!"

A PANTASMA

– E não é mesmo! Às vezes a morte não chega a ser tão forte como uma paixão. Pois veja só o que não aconteceu c'o pobre do Tónho Tanoeiro, que inté anda meio deleriado duns tempos a esta parte, des que a mulher pegou a aparecer-lhe em forma de pantasma, tudas noites. Você conheceu decerto a mulher do Tónho, sá Minervina, aquela lindura de moça cuiabana: decerto inda se alembra do quanto era louco o rabicho que ela ustentava por ele, logo que chegou no arraial. Já vê que antão não se há de admirar do resto, que tudo é possive' neste mundo – e no outro!

Sá Minervina 'tava de esperança, daí duns cinco meses, tinha engordado, às devéras, e já não sentia mais desejo: só padecia ûa moleza, um timbózinho tudos dias, ali por volta das duas da tarde, e cada sonho com cobra, que nem tinha jeito. (Tudo isto eu sei por boca do próprio Tónho).

Mas porém era descuidada, isso não hai quem não diga que não. Tuda gente lhe falava: – Sá Minervina, olhe que não presta a gente sentar na porta, quando 'tá pesada! –, e o maior regalo que tinha a coitada da moça era sempre, aí p'r as três braças de sol, escarrapachar-se na porta da cozinha, sacudindo o milho numa bacia de folha e contando as galinhas, uma por uma. Por sinal que tinha especial devoção, Deus me perdoe!, por uma chumbunga nova, franga desabotinada que recebeu de presente, vinda lá do Guaxe.

Outras vezes lhe diziam: – Sá Minervina, não é bom passar por baixo de cabresto ou de rédea, quando o cavalo 'tá amarrado, porque a criança nasce dos dez meses p'ra fora –, e ela não escolhia lugar p'ra sair, na porta da frente, passava logo debaixo do pescoço de qualquer matungo: tinha uma argola pregada em cada portal, e a repartição de limais era grande no sítio.

Não faltava também quem lhe pusesse medo: – Sá Minervina, é rúim comer a rapa do arroz, porque a criança fica grudada lá por dentro –, mas tudo tempo perdido: ela achava a jaréra desenfastienta e gostava em desmasiado daquilo. De formas que 'tava mesmo aprontando perigo, vendo armar a trovoada sem ter ponche, a triste da desinfeliz!

Afinal, o resto você bem sabe: sá Minervina deu à luz p'ra o fim da coresma, assistida por nhá Benta, que por sinal é uma comadre muito exp'riente e muito cuidadosa, e foi-se morrendo de uma hora p'ra outra quando menos se esperava. O Tónho Tanoeiro, nem se fale! – foi só aquele desespero, que não tinha mais acabamento: encaramujou-se duma vez lá na sua tristura, na sua sodade, e chorava ver uma criança, em cada artigo de se falar na defunta.

Duns tempos p'ra cá (também isso eu sei por boca do próprio Tónho), sá Minervina deu de lhe aparecer como pantasma, nuns feitios esquisitos: ora que nem um anjo daqueles que tem nas bandas do altar, ora tal e qual uma mulher como as outras de verdade, ora como um passarinho, ou como uma flor, ou como uma nuve', credo em cruz!

Agora, vai fazer duas sumanas, inteirou um ano certo da morte da moça. O Tónho, p'ra não parecer soberbo, não pôde enjeitar o convite do povo da Mumbuca, na festa de Santo Antônio, santo que inté vem a ser padrinho dele: teve que ir na função do Chico Cesário, sabe Deus como, ele que há tanto tempo não corre os dedos p'r as turinas e nem vê cara de viola! Inda ansim mesmo foi perciso que o filho do Chico Cesário, aquele grandalhão, que se chamava...

(ora como é que ele se chama? Vicente)... o Vicente trouxesse a mulinha esquipadeira do pai, porque o Tónho por fim 'tava-se desculpando que não tinha limal de seu p'ra cortar o caminho.

Na viage' o Vicente ia só repetindo: – Onde é que já se viu um home' de qualidade como vassuncê, nhô Tónho, ficar agora feito lobisome', Deus que me perdoe!, encafuado em casa o dia inteiro, o dia inteirinho, p'ra sair de noite, nas horas mortas, e andar rondando aqueles craguatás e cerradões da vila? Um home' é um home', e um gato é um bicho, agora! Eu, se fosse vassuncê, fincava logo o sentido nalguma pinhã desta redondeza, que merecesse fiança, e fazia outra amarração: que isto de viver solteiro, só p'r'um caboco estrangolado como eu!

(Você bem sabe que o povo do Chico Cesário tem uma cubiça danada no Tónho, p'ra casar c'a Jerônima, aquele manguarão de moça trigueira, que tem uns olhos de noite de trovoada: o Tónho não diz sim nem não, mas a mó' que a inclinação não é lá das mais grandes.)

No pagode houve de tudo. Certo boiadeiro da Vacaria, que também 'teve na sala, parecido um paraguaia, c'uma boca deste tamanho, foi mandado cantar um coreto em honra do Tónho, ansim que o Tónho chegou: e aquilo inté foi uma coisa por demais de bonita, aquele coreto cantado tão bem por aquele sojeito tão estúrdio!

O Tónho agardeceu, bem ou mal, porque quaje que não podia soltar a voz: ansim que cruzou os portais da casa, tinha visto a Jerônima por detrás, e o cabelo da Jerônima é arranjado, sem tirar nem pôr, como o de sá Minervina, naquele bom tempo que ela dava panca nesses adivertimentos do bairro.

Por derradeiro não houve jeito como o Tónho não cantasse sua moda. Pegou no pinho, meio sem som nem tom, avexado de não saber mais lidar co'ele como outra hora, quando tinha tanta destreza p'ra temperar as primas da viola (ou as de casa, você se alembra!), como p'ra pular e chegar as chilenas num burro chucro. Ia desanimando, chegou a querer entregar-se: – Ora, segure lá isso, seo Chico Cesário, que eu já não sei mais trabalhar co'essa ferramenta! –, mas porém a teima foi adiante, inté que ele se saiu.

No fim da moda, que, valha a verdade, não ficou devendo nada p'r'as outras da festa, o Tónho já 'tava c'a suspiração cortada e os olhos nadando em água. Arretirou-se p'r'um quarto lá dos fundos, encostou-se num catre qualquer, e principiou a lembrar do passado, e a pensar no futuro (isto inda eu sei por boca do próprio Tónho)... quando sá Minervina, em carne e osso, lhe veio fazer uma visita, linda como os amores, ponhou o cotovelo direito na maçaneta do catre, a mão na fácia do rosto, e olhou p'ra ele um pedação de tempo, sem não dizer nada.

O Tónho quis alevantar-se, ao menos abraçar aquela sá Minervina que ali 'tava, nem que não fosse a dele, legitimamente, na lei da terra, mas porém não pôde, porque ela lhe deu por ordem que não se mexesse; quis erguer a cabeça, p'ra ver de mais pertinho um pouco, e ela acenou-lhe que não, e pediu-lhe, por fim, que rezasse por ela um padre-nosso e uma ave-maria, com tenção bem firme, porque foi deste mundo sem confissão e tinha necessidade de reza.

Ela, aí, foi-se abaixar um tanto p'ra lhe dar uma buquinha (nesse ponto o coitado do Tónho fica a mó' que espantado e meio sambanga)... quando se escuitou um rumorzão desesperado, e ele viu que uma luz, ansim como a da lua, ia passando p'r as telhas da cumieira, devagarzinho, inté sumir de tudo.

Tudo isto eu sei por boca do Tónho; mas por aí você vê que quem quer bem quer na vida e quer na morte. Quem nos dirá que sá Minervina não aparece p'ra ele só porque 'tá sentindo sodade, lá nesses mundos de Deus? Ora, a sodade, você bem sabe, dói mais tempo e mais fundo que o talho dum faconaço...

CIUMADA

— Aquilo é que foi causo triste! Eu, a bem dizer, nem gosto de me alembrar duma coisa ansim! Você ponha atenção nisso, veja só o que não faz um pobre filho de Deus p'r amór de uma senhora dona que lhe tomou conta do seu coiração: e se aprecate duma vez, p'ra não lhe acontecer o mesmo perigo!

O rapaz topou c'a moça quando menos esperava, falou-lhe mais isto e mais aquilo:

— Eu bem sei, Mariquita, quem é que mora no seu sentido, des que você já não me trata como dante'. Não é com pérca de tempo que o Joaquim Francisco, indo p'r'o Barreiro, tudo dia dá uma volta de meia légua e passa na frente da sua casa.

— Nesse ponto você 'tá enganado, Felisberto: ele não passa tudo dia na frente da minha casa:

ele o que faz é apear, tudo dia, e dar uma prosa c'o mano Bento. Os dois são muito xarás.

— Mas será mesmo p'r os belos olhos de nhô Bento que ele porta na sua casa, tudo dia?

— 'tá aí uma coisa que eu não sei.

— Pois eu sei, Mariquita, eu bem sei. Abasta arreparar no modo de você falar comigo, duns tempos p'ra cá: fica meia distraída, gagueja seu pouco, 'tá só querendo ir-se embora, já é outra Mariquita!

— Isso não será cisma à toa, desconfiança sem pé nem cabeça?

— Não será, que será verdade pura.

— Mas a troco do que você pensa similhante barbaridade?

— A troco do seu jeito de rogada, dos seus luxinhos, do seu encolhimento banzeiro, quando 'tá junto de mim.

— Ora não se viu o ciúme? Pois eu, quando 'tou quieta ansim como você diz, 'tou pensando no nosso futuro.

— Antão por que rezão o Joaquim Francisco me anda olhando tão de revés?

— Você lá saberá melhor do que eu.

— Olhe, Mariquita, Mariquita da minh'alma, se eu ascançar que o Joaquim Francisco caiu na sua boa graça...

— O que é que acontece?

— ... sou muito home' p'ra castigar aquele langrista e despois pinchar-me comigo dalguma imbira amarrada no galho mais alto duma peroba!

– Deus de misericórdia! Donde é que lhe vem tamanho desatino?

– Não sei, não sei dereito: mas a mó' que vejo umas certas nuve's atrapalhando a minha vista – e o Joaquim Francisco a mó' que é a nuve' mais preta de tudas elas.

– Assossegue, Felisberto, asserene o seu coiração, porque eu já lhe disse duma vez que lhe quero, 'tá acabado! Eu tenho uma boca só! O que eu cheguei a dizer não tem voltinha na ponta: vai e fica!

– Você é capaz de jurar?

– Não juro, isso não juro: porque, se você não tem fé em mim, não há de se fiar, decerto, no meu juramento. E eu não faço esse pecado tão feio de chamar tuda hora o santo nome de Nosso Senhor por via de nada. Se você quer aquerditar, aquerdite; senão...

– ... vá cantar noutra freguesia...

– Não: pode socar os pés em mim, que eu inda não fico ansim tão mal, suzinha c'a lembrança de você – e co' estas minhas lágrimas, que não ha' de secar nunca mais.

– Ah! Mariquita, não chore! Não chore, e fique em paz, que eu quero que você me perdoe. Fale que me perdoa: bamo', fale!

– Eu... não tenho nada p'ra perdoar.

– Você bem entende, afinal das contas, que eu sou louco por você: o que p'r'os outros havéra de ser um rumorzinho de pouco porte p'ra mim vira logo num barulhão dos infernos, que inté me põe meio fora dos trilhos! Tudo isso assucede por eu ser louco por você!

Houve um interrompimento:

— Ó Mariquita? Mariquita?

— 'nhora!

— O que é que você 'tá fazendo no rio? Pois antão você não ouve?

— Olhe, Felisberto: nhá mãe já me chamou muitas vezes. Arrodeie p'r o piquete da frente, e chegue, que nós inda cumbersamos um pouco mais lá na sala.

O Felisberto ia ganhando o rumo da casa, p'r uns caminhos esquisitos, uns carreiros de paca, sutil de tudo, quando senão quando o Joaquim Francisco rompeu dûa moita de caiúias.

Um disse adeus, o outro arrespondeu. Mas porém foi só isso: que qualquer palavra que saísse, naquela hora, já não havéra mais de trazer o nome de Deus...

Quando o Felisberto chegou, já 'tava na sala a Mariquita, muito vermelha, c'uns modos deferentes, olhando daqui e dali, com feitio de assustada, uma coisa de reparo! Quem véve na soneira bota logo reparo no que vê fora do acostumado, e o Felisberto não pôde levar em paciência que não preguntasse:

— Home'! você mudou de feição dum minuto p'r'o outro, que dianho! Viu passarinho verde?

Pisaram no rabo do seu cachorrinho? A morte passou p'r aí?

– Nada! nada! – foi o que ela explicou: 'tou com certo receio que nhá mãe escuite nossa prosa. Quer saber duma? Hoje é mais melhor que você não demore aqui: a velha já mostrou sembrante de cisma, 'tá c'a orelha em pé.

– Levou o diabo o cargueiro de pito! Que eu, p'ra falar verdade, não me sinto com corage' de me arredar de perto de você!

– Por que rezão?

– Falta mesmo de corage'... quentura de amor que me bambeou o corpo.

– Faça lá o que entender. Mas porém...

– Quer saber duma? Eu vou-me embora mesmo, é melhor: um dia vem despois do outro, a gente mora vizinho, pode-se ver com facilidade – e sempre é bom ter juízo! Inté outra vista!

– Inté outro dia! Mas quando vier, agora, não venha com discursos de remexer nos sentimentos duma pobre, viu?

– Será feita a sua vontade, minha pomba-rola.

Foi-se embora...

Qual o quê! não foi: fez que ia, quebrou o braço direito, voltou p'r o carreiro, e, como 'tava desconfiado, amoitou por detrás duma jurubeba e deu tempo ao tempo. A água do córgo suspirava na covanca, logo embaixo, estrafegada por uns cernes que tinham caído na última derrubada: e o Felisberto, ouvindo aquele som do córgo, cuidava que era cumbersa do Joaquim Francisco e da Mariquita.

Antes cuidasse... e tudo ficasse por isso!

Com pouca demora bateu-lhe no ouvido uma fala muito conhecida: e um metal de voz, mais cheio e mais firme, seu conhecido também, e muito. Acachapou-se no chão, que nem largato, concheou, ûa mão numa orelha, e ficou c'os cinco sentidos no eco das vozes.

E o eco das vozes ele escuitava por esta maneira:

– O caboco 'tá pinicando na sombra, que nem tem mais jeito! Já me falou que você porta aqui tudo santo dia, trocendo estrada, fazendo volta, e ameaçou numa altura que inté me deixou bem assustada!

– Qual o quê, Mariquita! Uma coisa é o dizer e outra é o fazer! Antão você agora é alguma escrava que 'teje no poder dele? Lá por ter tido uns meses a bobice de namoriscar similhante traste, petas!

– Apesar de tudo, eu acho bom você tomar tento: olhe que um relamp'o correu nas meninas dos olhos dele, quando ele armou aquelas ameaças!

– Daí? Você já viu praga de urubu matar cavalo gordo?

– Mas tenha cuidado consigo, que o caboco é meio avariado!

— O melhor é mesmo nós dois 'garrarmos chão, pois não é?

— Ora, eu não sei, Joaquim: como é que há de ser a nhá mãe, despois?

— Despois? Despois decerto ela perdoa. Ela ficou muito braba, ansim que a Gininha saiu c'o Diólo, mas não 'tá de boa acomodação c'os dois? Comigo e com você há de ser o mesmo.

O Felisberto não podia agüentar nada mais, podia? Ficou inteiro fora de si. Alevantou que nem um raio, ligeiro e terrive', e correu no rumo das vozes. Uns casais de anuns dos brancos, que andavam pegando bichinhos no meio do bamburral, voaram espantados e saluçando: e, nem bem o Joaquim Francisco e a Mariquita pressentiram tamanho terramote, separaram às carreiras. Mas porém inda não 'tavam muito longe um do outro, e ouviram a prosa espótica do Felisberto:

— Não percisa correr, gentinha à toa! O causo não é p'ra isso!

E foi de vereda percurando o Joaquim Francisco. Mas o Joaquim Francisco estaqueou:

— Não: eu saí pensando que era gente que vinha vindo! Como não é gente, não aluo um passo mais!

Em roda, na covanca, parecia que as trapoerabas, e quanta barbuleta havia, tinham desmaiado de puro medo: nem um barulho, nem um batido de asa, nem uma fala de pass'o: a própria água do córgo (parece história, e não é) deu de rodar quaje em selêncio, gemendo baixo.

O Joaquim Francisco ficou de repente amargoso, e voou em riba do Felisberto, c'os olhos arrebentando de réiva, tremendo feito vara de taquari por via do vento: 'tava c'o cabelo em pé na cabeça, tal e qual porco-espinho assanhado: e a dentaria pegou a ranger-lhe na boca, riscando a de baixo na de cima, riscando e estralando, forte e duro ver a zanga de um queixada na acuação.

Mas porém inda não tinha assentado a mão direita no peito do outro, a mão direita que levava uma faquinha fina: e o Felisberto, alevantando um pouco o ombro esquerdo, quando a mão do inimigo chegou nele, arripiou-se de dor e gritou com quanta força tinha:

– Isso, caboco tambeiro! Acaba de matar! Acaba de matar, que 'o menos mata um home'!

E despois, estremecendo e esfregando-se nas trapoerabas, disse consigo mesmo, fechando o sentido:

– ...que eu também já não tenho nada mais p'ra perder neste mundo!

UÉ!

— Sempre 'vi dizer bonitezas a respeito dos pescadores da outra banda: que naquela prainha do Sangava eles ponham rede, quando o tempo 'tá bom, e tira' peixe que é uma lástima. Pode ser tudo verdade, não digo que sim ou que não, mas acho perigoso o pedaço de areia e de costa, que vai desde o canal até na curva da ilha. Se passa um navio morrudo – e passa toda hora cada embarcação de botar medo –, forma bruta marola; a marola pode cair em riba da voga que 'tiver mexendo p'r ali, e é um desespero; a voga pode afocinhar de repente, e é um deus-nos-acuda!

Eu, por mim, perfiro sair p'r'o largo e bem p'ra longe: inda est'ro dia, na Praia Grande, só num lance matemo' mais de trezentas cambucu', e todas elas bichas criadas. Também, nisto de pescaria e de lance, é como em negócio e em amor: a sorte regula muito.

Por falar em amor e em sorte, vou-lhe contar o que vi e o que ouvi c'os meus próprios olhos e c'os meus próprios ouvidos, do lado de lá, numa tarde de festa. Nós andava' plantando nanica morro acima, e no meio da mataria, que não era de brincadeira, querendo arranjar tudo em arruação, como se fosse cafezal. Bobage', não é? – porque bananal não quer saber desses luxos, nem ejige pérca de tempo em desmasiado. Já vizinhando o espinhaço do morro, larguemo' o serviço e viemos embora numa cambulhada só, eu, o Severino e os outros quatro camaradas.

Passemo' na casa do Nhô quando já 'tava quaje lusque-fusque. O Severino, que andava de beiço caído p'ra Maria Ciciaca (não era novidade p'ra ninguém que entre os dois já havia trato de noivado), o Severino bateu as palmas, 'rancou o chapéu da cabeça, ficou esperando. Quem apareceu, na soleira da porta, foi ela mesmo, a filha mais grande da casa, linda que era um gosto. Viu o Severino, fechou carranca, ia-se arretirar. E ele falou esta coisa, que era queixa e repreendimento:

– Como é, Maria Ciciaca? Pois eu venho-lhe ver e você me recebe c'uma virada de costa? Onde é que já se viu?

Maria Ciciaca, moita! O Severino bateu no mesmo cravo:

— Faz um tirão de tempo que não pórto na sua casa (a derradeira vez foi hoje cedo, quando a madrugada acabou de se desmanchar em minhã), e agora, pensando que ia sentir sussuéste alegre na minha chegada, o que topo é tristeza e tromenta?

Maria Ciciaca, nem pio! O Severino repisou tijuco:

— É ansim que ûa moça que andou no estudo, que é de raça boa, e que até se ponha numa senhora puba, quando vai na cidade, trata o rapaz que tem de ser seu marido no outro ano, ou quem sabe se inda neste?

Foi a conta! Maria Ciciaca embrabeceu de norte a sul:

— Marido nada! Um rapaz, que tem de ser marido logo, não faz regateirage' c'as outras moças porque ele tem de casar é c'uma só!

Tramou-se aí uma conversa atrapalhada e sem graça nenhuma, porque ele falava doce e ela falava amargo:

— Que história de regateirage' é essa? Você 'tá sonhando?

— Intão onte' não foi domingo? Domingo não é dia de missa? Você não foi na missa? Na egreja você não encontrou aquela belezinha da Cuta? Aquela treme-treme não lhe entregou uma fror? E você não enfiou a fror numa casa solteira do seu palitó? E não saiu com similhante enfeite p'r'a rua, contente como quem ganhou na rifa?

— Santo Deus, Maria Ciciaca! Mas aquilo era fror que as moças da cidade 'tavam vendendo p'r'a casa de órfos. Por sinal que fiz um feio: eu não tinha na 'gibeira mais do que ûa moeda amarela de mirréis... Se a sua réiva era por isso, trate já de fazer comigo as paz', porque daqui a pouquinho principia a reza, e eu não quero aparecer por lá com jeito de anjo de porcissão que não ganhou cartucho.

A cara inteira do Severino foi uma risada só. E foi sirrindo todo que ele chegou p'ra junto da porta e estendeu a mão direita p'r'a Maria Ciciaca. Mas a filha mais grande do Nhô 'tava mesmo tiririca: pegou num cacete de murunduva, que a gente via encostado ali perto, e fez o Severino arrecuar, defendendo a cabeça e o frontispício. Apartado da casa obra de vinte passos, o Severino me disse, p'ra mim e p'r'os companheiros:

— Bamo' embora, rapaziada, que o tempo aqui fechou duma vez!

O Nhô ia subindo o lançante da praia, aproveitou em cheio as últimas xingações da moça:

— Home' à toa, de duas caras! Porqueira de home', que foge de mulher, por cima de tudo!

Neste ponto, ele achou que tinha por obrigação explicar a carreira do Severino:

— ... seje boba, menina! O que é que você queria, bamo' lá? Que ele desse um tranco e metesse o braço na namorada, como quem escora um home'?

Nós ia' já pular p'r'a voga, e inda escuitemo' o resto do que ele dizia:

– ...seje boba!

Paremo' na casa do Severino o tempo que foi perciso, p'ra mudar roupa e encostar o estâmo. Só o tempo que foi perciso, porque o Severino 'tava c'uma nervosia danada: a gente falava pão, vinha ele com pedra; a gente saía com mel, retrucava ele com fel. Achemo' melhor pôr chave na boca, enveredemo' p'r'a capela, e foi ansim, c'a boca fechada, que cheguemo' na barraquinha do leilão.

Vimo' logo que o leilão 'tava animado: muito cidadão de grovata no pescoço tinha atravessado as águas, o mulherio se apresentava com fartura e nos trinques, não havia prenda que passasse em branca nuve'.

Senão quando, o leiloeiro apregoou uma almofada de seda, e ajuntou que era trabalho da distinta senhorita Maria Ciciaca. Anunciando isso, percurou c'os olhos o Severino, que, do meio de tamanho povaréu, teve peito de lançar logo quatro dias de serviço:

– Vinte mirréis!

O povaréu, que andava num mexe-mexe louco e fazendo rumor por todas as bandas, fez parada e selêncio, de pura adimiração: vinte ansim, no premeiro lance! O leiloeiro virou-se p'r'uma banda e p'r'a outra, ficou de escuita um pedaço, despois saiu-se c'a prosa do costume:

— 'fronta faço, que mais não acho! Dou-lhe uma, dou-lhe duas... Será possive' que uma prenda tão rica seje queimada por duas notas de xis?

Um tal Jaque', rolista conhecido e oficial de alfaiate nas horas vagas, rompeu c'um segundo lance:

— Vinte e um mirréis, p'r'o Severino não levar a almofada!

De mirréis em mirréis, o Jaque' ia queimando cada vez mais o sangue do Severino, e o leiloeiro, conforme saía a voz da dereita ou da esquerda, quaje que urrava de sastifação:

— Vinte e cinco mirréis, p'r'o Severino levar a almofada! Vinte e seis mirréis p'ro Severino não levar a almofada!

Chegou a porfia em cincoenta. O Jaque' peneirou-se todo, de contentamento, e abriu uma bocarra deste porte, p'ra soprar um desaforo que tinha por força de alcançar os ouvidos do Severino:

— Pois aquele pobre-diabo que leve a almofada por cincoenta mirréis! Nem que tenha despois de andar por aí além, com sol ou com chuva, de porta em porta...

Mal acabou de roncar esta segunda porta, caiu-lhe em riba o Severino, c'uma cabeçada e meia dúzia de pescoções, levando por diante o bufador, até o canto da capela, e querendo fazer que ele dobrasse o joelho em frente do povo, feito piquira em circo de cavalinhos.

Mostrou-se neste artigo o capelão, pedindo sussego, que a reza ia começar. E apareceu também a Maria Ciciaca, bem perto, bem junto do Severino, porque tinha acompanhado a briga inteira, olhava espantada p'ra nós todos e só teve força e ânimo de dizer uma palavra:

– Ué!

TAL E QUAL

– Namorisqueira que nem aquela nunca houve. Era demais! Nhá Dita, em lugar onde estivesse o Carrinho, não olhava p'ra mais ninguém, e não tirava os olhos de riba dele: ficava como jacaré chocando os ovos. O Carrinho, a mesma coisa. E a rapaziada e a moçada dos Campos fervia de réiva. Porque, verdade seja dita!, a inveja é muito feia, mas porém quase todos a tenham, disto ou daquilo.

Ainda se fossem olhadas só, não era nada! É que a sem-vergonheira cresceu, que foi um desperpósito: flores daqui, malvas dacolá, papéis de cor com versos, almofadinhas em forma de coiração tudo picado de alfinetes, presentes sinificativos que trocavam, recados que trançavam a mais não poder... As provas do azeite já davam tanto nas vistas, a ponto de as famílias andarem falando certas prosas meias pesadas.

A mãe da nhá Dita, por nome Ginerosa, 'tava inocente duma vez. Reparava que duns tempos p'ra cá nhá Dita não tinha mais sussego, era só mandar comprar pena e tinta, e escrever, e escrever, melhorando o talho da letra; que às vezes, despois de parar com tarefa tão comprida, ia p'r'a porta da rua e ficava sem fazer nada uma porção de horas; que, quando voltava, não podia tomar a suspiração dereito, e porferia as palavras um tanto abafadas. Sá Ginerosa cuidava que similhantes esquisitices não passavam de força de sangue.

O Carrinho, esse via-se livre no mundo sem peia nenhuma: 'tava nos causos de aprontar ûa mal-feita aqui e ir arranjar morada p'r os cafundós de Mato Grosso; 'tava nos causos (já tem acontecido), mas contanto que se tinha por incapaz duma passage' ansim. Juramento que nem os que ele dava, só mesmo saindo de uma certeza muito certa e de uma firmeza muito firme! As cartas que nhá Dita recebia, sempre carregadas de flores ou de figuras bonitas, traziam pedaços cheinhos de abraços, de beijos, e também de "minha futura mulher" e "minha noiva" e tal.

Agora, se o povo rosnava, era de mau. Pois já se viu na terra coisa mais natural que um moço querer bem a ûa moça e ûa moça querer bem a um moço? Isto é velho ver a lua! Foi ansim que nossos pais e nossos avós casaram: e sabe Deus lá quanto tijolo os danados não fizeram! Escrever carta, receber carta, não tira um pedaço de ninguém, ora pírulas! E carta ia e carta vinha. O povo engrossava a rosnação. E carta ia e carta vinha.

Tudo isso são histórias de virar morro, sem proveito nem lucro; a gente não tem nada co'elas; abasta e sobeja o mexerico dos outros: eu não sou dos que gostam de pinchar pedras no telhado alheio...

Na festa do Divino, este ano, a caipirada entabuou naquele largo da egreja. Você não viu? Foi um chuveiro como nunca! Por volta das seis da tarde, antes da bença do Santíssimo, inda antes do lailão, era só saia que 'tava rangendo por ali afora, fuque-fuque: e aparecia cada dona de saia, importante que nem tinha altura! Os gaviões andavam transitando p'r um lado e p'r outro, comendo c'os olhos aquelas avinhas tão engraçadas. Também, meninas de truz como estas dos Campos, eu 'tou que inté não hai debaixo do céu!

O Carrinho percurava no meio de tamanhas ôndeas a nhá Dita, que por sinal botara um vestido novo, pombinho duma vez e enfeitado de fitas azuis. Nhá Dita sumira, acompanhada de umas par' de frangas da mesma iguala, lindas que pagava a pena a gente ver. Vestido passava, subia, descia, tramava p'r aqui e p'r ali, e nada daquele um, branco, de fitas grandes da cor do gervão aflorescido! Se o Carrinho não fosse teimoso como quê, na certeza já tinha desesperado: mas porém um sojeito cumba feito ele e, por cima do mais, apaixonado, não entrega ansim a rapadura c'a palha e tudo – inséste e vence.

Foi o que aconteceu. Despois de muito campear sem resultado nenhum, topou co'a nhá Dita num bando, lá p'r as vizinhanças da capueira, adonde todos apanharam suas flores de gabirova, e pregaram entre a beleza da testa e o cóquinho da trança.

P'ra reconhecer a moça, 'tá visto que não demorou mais que um baque: e ansim que reconheceu, Cristo do céu!, sentiu nos peitos um arvoroço que não achava mais fim. A moçada vinha descendo p'r o meio do largo, e o Carrinho tratou de se esconder por detrás do barrote duma casa largada, ali pertinho mesmo: queria costear a namorada, porque sumiço desse porte não cabe bem p' ra uma senhora dona que tem de dar conta do que faz p'ra quem se tornou cativo dela.

Resolveu, antão, que havia de ficar muito arisco o resto da festança, principalmente p'r'aquela ingrata (era linguage' dele): quem lhe quisesse pôr os olhos em riba que fosse na casa dele, onde havéra de parar sussegado como o que não 'tá co'a alma a prêmio, vendendo seu peixe bem caro. E pegou a estudar a nhá Dita de longe, entre meio da gentaria, de pontos escuros que a vista dela não podia ascançar. Via às craras que a coitada 'tava, em brasas, jugando os olhos p'ra quanto cantinho havia, sem descobrir o marvado. As companheiras, alegres que nem um terno de serelepes, 'tavam só caçoando co'ela, de ela 'tar ansim distraída e amolada, que nem dava re'posta p'r'umas preguntas, e inté dava re'posta sem proporção p'ra outras.

O Carrinho não gostou de ver uma coisa: a Cota, filha do Venâncio, morena dos sete costados, mas regateira em desmasia, também aprontara seu vestido branco com fitas azuis. Ora, a Cota, que uns meses passados foi seu namoro de passatempo, decerto procedera desse feitio p'ra zombar do antigo amante. E ele, rapaz de palavra, embora não tivesse remorsos p'r amór de a Cota, não apreciava zombaria ansim: isso aprovava que ela tanto queria bulir co'ele, Carrinho, como co'a própria nhá Dita. Mas então por que é que a Cota, p'r ali tudo, 'tava tão xará co'a nhá Dita?

Ele principiou a matutar. Nhá Dita, nesse entremeio, não cansava de jugar os olhos p'ra tudas as bandas, e inté já havia de 'tar desacorçoada. Matutou naquilo, e arrependeu-se de amofinar a pobre desse feitio: afinal não custava nada aparecer e dar um pouco de pasto p'r'aqueles olhos tão fomentos: decidiu-se a dar um ar de sua graça. Entretanto, havéra de judiar da nhá Dita, nem que fosse isto: ele sofreu, lá por dentro, sodades no fundo d'alma, ela percisava de sofrer um tanto, inda que fosse por fora, no corpo. Você bem sabe como ele é cabeçudo. Sentenciou um pinicão bem forte: ela tomaria um pinicão, ficaria c'os olhos aguados, gritaria baixico, viraria p'r'o rumo dele, e perdoaria – porque, enfim, pancada de amor não dói: e amor que não dá pancada não é amor, não é nada.

Asneira de caneludo, bobice de namorado! O que é real é que ele prometeu lá consigo, e cumpriu. Agora, um home' deve de ser ansim: ou bem faz uma coisa ou bem não faz. Se detreminou um serviço, escusa de começar a cumbersar dentro de si: ora, isto fica rúim, aquilo não fica bom, aquilo outro é mais menos mau... Afinal, um home' é um home' e um gato é um bicho!

Pensava desta maneira o Carrinho, perparando-se p'ra cumprir o que prometera lá consigo. Caminhou na direção do terno das moças. Nhá Dita via-se a par da Cota, bem a par. Ele nem atentou dereito na vizinhança: a mó' que tinha uma nuve' adiante de si. Chegou junto do bando, e entreparou. Nessa intendência, a musga rompeu de um girau defronte da igreja.

O lailão tinha acabado. Tudas as moças prestavam muita atenção ao estrépito da musga, ninguém não viu quando o Carrinho chegou. Rojão e mais rojão subiram p'r'os ares, deixando, na volta, umas cobrinhas de fumaça dançando co'as rendas do lusque-fusque. A festa virara em loucura, tudo era sastifação por demais.

Ele espichou a mão dereita e pregou o biliscão, puxado, num braço redondinho, ali adiante: o braço fugiu um bocado, tremeu, o corpo inteiro tremeu no sofragante, e a dona do braço gemeu:

– Nossa Senhora! Nossa Senhora! Biliscão é ódio: quem me carcou este biliscão?

O Carrinho murchou: pois não é que em vez de bulir co'a nhá Dita bulira co'a Cota? Armouse um reboliço dos dianhos na companhia. Desaforo! um jaguapeva sem raça vir agora fazer tamanha afronta p'r'ûa menina solteira, sem mais aquela! Desaforo! As outras, p'ra dizer que zangaram, é mentira: 'garraram a rir, não pararam nem à mão do Deus Padre. Por último, quando asserenou um pouco a fúria da Cota, nhá Dita disfarçou, mexeu p'r'o canto em que o Carrinho amoitara, e queixou-se amargamente:

– Ah! ingrato! Ah! tirano! Tanto que eu lhe quero, e você tem a corage' de me enganar!

– Não é, nhá Dita (e o Carrinho gaguejava): eu ia perseguir a minha mandona, mas a Cota 'tá vestida do mesmo modo que você, tal e qual.

Apesar de passado, o Carrinho aproximavase de nhá Dita. E repetia que a Cota 'tava mesmo ver a nhá Dita, quando esta contestou:

– Arre! nem tanto! Meu corpo não é tão magro como o da Cota, p'ra você confundir a gente co'ela!

— Deixe ver, antão, deixe ver!

E aproximou-se mais, e aproximou-se mais. Despois, correndo a mão p'r o braço de nhá Dita como quem agrada uma lebre, dessas de raça, que têm o pêlo fino e macio, foi puxando a moça p'ra si, de certa moda que ela nem se podia defender. Pegou a dar-lhe umas par' de buquinhas p'r o rosto e p'r os olhos, que são tão lindos! – e afinal, como nhá Dita quisesse ir-se embora, aí ele falou:

— Você tem rezão, nhá Dita: você é muito deferente dela: abasta reparar no gosto dos beijos.

Nhá Dita teve um estremeção de susto:

— Pois você, Carrinho, já andou de beijos co'a Cota?

P'ra dizer que não, e jurar, 'tava difícil, maiormente p'r'um rapaz que não comete desse pecado; p'ra dizer que sim, o negócio ficava envenenado, que não teria mais arrumação: o Carrinho via-se em talas. Calou-se, no que mostrou inda ter uma sobra de juízo: e nhá Dita, fazendo uma exclamação de tristeza muito doída, pendurou-se no braço dele, bambeando o corpo – que nem uma pombinha rola machucada.

A única coisa que o Carrinho achou p'ra dizer disse:

— 'tá bom, chega! Pois, se o que foi não volta mais, p'ra que tamanha choraria, agora? Inté podem perceber, daqui a pouco: o terço entra, e as moças dão por falta de você.

Nhá Dita voltou p'r'o bando.

Festa acabou, festa nova fez barulho, você não 'viu falar nada mais da nhá Dita, não é? Mas porém você sabe (como não?) que uma boa ciumeira, a tempo e hora, é isca das melhores p'ra paixão como a da nhá Dita. Só o que hai, duns tempos a esta parte, é isto: não passa dia que o Carrinho não 'teja co'ela, e não jure por Deus que a boca de nhá Dita é mais gostosa que a da Cota do Venâncio...

Ora, eu, que sei disto tudo como da palma da minha mão, ando com pena da china. Coitada, não é? E agora fica você sabendo por que foi que eu disse est'ro dia aquelas palavras p'r'o rapaz, no criciumal da Água Espraiada, coisa que ele fez que não entendeu por inteiro:

"Ó Carrinho, quando é que vós casais c'a pobre da nhá Dita? Olhai que ela já 'tá perdendo a fermosura, e é só por vosso respeito! Casai c'a moça, Carrinho, que um home' de bem é ansim que deve de fazer!"

FORÇA ESCONDIDA

— Eu tuda a vida fui um home' quieto, como vassuncê bem sabe; nunca deixei de não trabucar a minha obrigação nas horas certas; respeitei sempre o alheio; cuidei da minha casa c'o maior carinho: e quis o quanto se pode querer à Ogusta e ao Belisário.

Ela verdade seja que não me deu o mais pequetito desgosto: revirava de sol a sol na labuta das donas, trazia tudo areadinho, e tratava do filho com muito amor. Eu, se alguma queixa tive dela, foi só de ela trabalhar em desmasiado, fazendo costuras p'r a uma e p'ra outra, e torrando suas farinhas de milho e de mandioca a mais não poder.

No dia do acontecido, ansim que acabei de correr a enxada naquele meu tirão de matafome, 'tava cansado: passei a manga da camisa na testa, enxuguei o suor, e sentei num toco de folha-larga. O sol já ia, margulha-não-margulha, entre meio de duas cacundas de morro: e inté agora não sei por via de que, naquele pedaço, eu 'garrei a ficar amaguado.

Diz que só deve de cair na tristeza quem 'tá sofrendo do corpo ou do coiração, não é? – e eu não tinha nada que me doesse; nada não me amofinava por dentro, e rezão de desespero, louvado Deus, foi coisa que eu inté naquele pedaço não tinha tido.

A Ogusta era ûa mulher de patente, como vassuncê bem sabe; eu p'r'o lado dela vivia feliz e vivia descansado; o Belisário não dava trabalho nem susto, porque, embora mal apena' beirasse os sete anos, era e inda é um menino abençoado de bom; a lavourinha não me desajudava, e inda por riba de tudo eu justava meus empreitos por fora: antão o que é que me faltava?

Da saúde também eu não podia fazer lástima, que era um caipira seco na paçoca, sussegado sim na fala e no andar, mas porém escorador de serviço como nunca vi outro. Só o que me enfezou uns tempos foi uma impige' que me deu nesta perna, e que fez um patacão meio esquisito, por escuro e farinhento: mas porém o Vira-bicho, aquele exp'riente que remexeu p'r estes centros (vassuncê não se alembra?), me deu uma pomada que foi um porrete: a impige' sumiu como por encanto, e a própria comichão, que era um inferno, assussegou de repente e desapareceu p'ra nunca mais não me inquijilar.

Tem gente que diz que eu viro e mexo de noite, que eu saio da cama, que eu falo e engrolo as palavras, que eu faço discursos velhos: mas contanto que p'ra mim tudo isso é poetage' pura, porque eu inté hoje inda não me vi caminhando fora das horas, e nunca não acordei que não 'tivesse bem senhor-dão no meio das cobertas.

Ora, como eu ia dizendo: peguei a entristecer, a troco de nada, e um nó muito acochado me apertou a garganta e me pôs o coiração num bate-bate esquipado, sem motivo nem quê p'ra quê. Olhei p'r'os cocurutos dos morros, adonde o sol inda amarelava um tantinho, feito uma fitona desbotada, e pensei consigo mesmo:

– Agora, Venancinho, chegou a sua vez de dar a casca: 'ocê não tem por que ficar ansim agoniado, e 'tá ansim, 'tá morto!

Passei a mão na ferramenta, c'a pobre da minha cabeça a mó que meio deleriada, e atorei p'ra casa. Botei o pé na soleira, e ia entrar, senão quando uma galinha, já esporuda que eu pissuí no levantar aquele rancho, cantou que nem galo, alto e bom som. Virei p'ra trás de supetão, campeei um cacete, voei na dita galinha, mas a galinha derreteu-se que não houve maneiras de se descobrir. Pois vassuncê não conhece este mau agouro tão doído, da galinha cantar ver o galo? Diz que é anúncio de morrer o dono da casa.

Fui de vereda p'r'o quarto, despois de ter apinchado a ferramenta num canto da sala: nem não quis saber da janta. A Ogusta, que nunca não me tinha visto de similhante jeito, ficou meia otusa:

– Ué, Venancinho, o que é isso? Quem sabe lá se você não 'tá c'alguma febre das novas?

Arrespondi-lhe poucas palavras: que não, que era só lombeira p'r amór a calma do dia, e que sim 'tava pendendo de sono. Ela comeu lá p'ra cozinha mesmo, lavou os pés, tirou a roupa e deitou. Eu não tinha plancheado ainda, 'tava estudando numa pruca, daquele feitio que já lhe disse e que vassuncê bem sabe. A candeia ficou em riba duma caixa, e, como a luz 'tava escassa por demais, espivitei a trocida: a luz espertou, foi-se espichando p'r a cama afora, e a Ogusta, que inda não tinha ferrado no sono, apertou os olhos e virou p'r'o canto. Foi pouca demora, e ela se ponhou outra vez de cacunda, que é como drumia quaje que a noite inteirinha.

Afrouxei a cinta, puxei a faca; guardei a faca por debaixo do trabisseiro; arrastei a gamela e me lavei os pés: mas nada de deitar! Não sei por que foi, ou por que não foi, sentei outra vez na pruca, e outra vez 'garrei a ficar banzativo. Não tinha nenhum barulho na casa nem no terreiro, 'tava tudo numa grande paz: somente, de pedaço em pedaço, eu escuitava a suspiração mansica do Belisário, num catrinho do outro quarto.

Mas porém a trocida da candeia incendiouse e acabou: fui na varanda, vigiei um pano rasgado, aprontei outra bonecra; vigiei a garrafa de azeite de mamono: e vortei. Carculei bem a candeia, molhei dereito a trocida, botei-lhe um pau de fórfo: e ergueu-se um bruto fogaréu que deu uma luz e tanto. A luz esparramou-se p'r o quarto, que nem uma água de enxofre, e deu de tremer na cara e na testa e no peito da Ogusta; despois ficou mais pequena nos outros lugares, mas 'tava sempre firme no corpo da companheira. Antão pus-lhe uma lata na frente, e daí por diante o que chegava na mulher não era mais craridade forte ansim, era uma sombra tremida.

Sentei na beirada da cama, e reparei na companheira: 'tava tão sussegada, c'um sono tão bonito! Eu, que lhe queria de devéra, como vassuncê bem sabe, andei um és-não-és p'ra lhe dizer quarquer coisa, um pretexto que servisse de acordar e nada mais: não disse, tratei de me acomodar, e fui dar um último jeito no trabisseiro.

Aí, agora, é que não sei como é que aquilo foi: mas contanto que vi a faca, peguei a faca, tirei a faca da bainha e enterrei a faca no sangrador da Ogusta, com tuda a sustância. A mó' que era uma força escondida que me empurrava o meu braço, porque eu tive essa corage' e o braço teve essa força...

O galo já tinha cantado a segunda vez. A Ogusta saltou no chão, saiu correndo inté na porta da rua, mas porém vortou no mesmo sofragante, caiu nos pés da cama do filho, gemeu um pouco e morreu. Ele acordou aturduado e veio p'ra minha banda sem não saber 'o certo o que é que havéra assucedido: e ante' de levantar e de vir inda viu a mãe dizer que o pai é que tinha feito a morte.

Botei os dedos na espingarda, caminhei p'r'a cozinha; enfiei o cano debaixo do queixo, e 'tava forcejando, c'o dedo grande do pé, p'ra fazer o cão desmunhecar e estrondar duma vez c'a minha vida, quando o Belisário empurrou a espingarda, e o tiro saiu desviado, grudando no jirau de toicinho: ele antão escondeu o saquitel das munições.

Agora é diz-que do Belisário, eu não me alembro: fiquei na beira do fogo, c'os olhos muito arregalados e pitando. Ansim 'tive um tempão, inté que ele mesmo me falou esta palavra:

– Suncê já matou mesmo a mãe, agora tire ela do escuro, coitada!, e ponha perto dela uma vela benta!

Eu fui no oratório, truxe a vela, acendi, pus a vela perto da Ogusta, e enveredei outra vez p'r'o fogão. E mandei o Belisário que fosse dizer p'r'o padrinho aquilo, e chamar o padrinho com tuda a pressa. O Belisário, que sempre foi muito bem mandado, me desobedeceu:

— Como é, pai, que eu hei de deixar o corpo da mãe suzinho?

Aí saí eu mesmo, e fui apôs do meu compadre. Ele inorou muito de eu ir bater na sua porta àquelas horas:

— O que é isso, compadre? Hai arguma novidade?

Eu disse isto, por antão:

— Foi uma loucura que eu fiz.

— Que loucura?

— Matei a Ogusta.

— Pro que foi que você matou aquela criatura tão boa?

— Foi uma loucura, compadre, eu não posso saber o que foi. Venho-me apresentar p'ra ser preso: você me faça o 'bséquio de ir avisar o sobdelegado.

Apareceram logo umas três pessoas mais, vortemo' p'ra casa, e tudas aquelas pessoas me arreceberam por preso. O que mais me doeu nos peitos, na horinha que 'távamos entrando, foi ver o Belisário suzinho naquela casa, abraçado c'a mãe e chorando.

Já passei por três jurados, vassuncê bem sabe: uma vez tive livração, as duas outras não tive. Agora o meu 'devogado apelou, porque o castigo diz que é duro demais – dezesseis anos e meio: mas porém eu já falei p'r'o meu 'devogado que não apelasse, que não pagava a pena, sendo eu um home' que não valo nada.

Aqui na prisão os outros já tenham medo de mim, e vévem pedindo mudança tudo o dia: afiançam que eu não paro na cama, e ando a noite inteira, e falo sem parada, e faço gesto em desmasia. Eu não sei de mim quaje nada, des que houve o acontecido: e só o que lhe posso dizer é o que eu já disse p'r'o tal meu 'devogado, est'ro dia: é que eu sou um marvado, não presto p'ra coisa arguma, e quero acabar a minha triste vida aqui mesmo...

CORAÇÃO À LARGA

— Quando meu bem vinha chegando, montado na sua mula baia, c'os olhos reberberando p'r amór de o sol do meio-dia, eu fiquei azaranzado, c'uma tremedeira nas curvas e uma cutucada muito teimosa no coração. Nhá Suzana apeiou-se, num tamborete que eu lhe truxe, deu adeus p'ra toda a minha gente e 'garrou a fazer suas exclamações tão doídas que me punham desesperado:

— Chegou a hora, siá Chiquinha (ela falava c'a mãe deste pobre coitado), chegou a hora de eu pegar o jeito do chão p'r esse mundo aberto sem porteira. Vou p'r'os Dois Córgos apôs da minha obrigação. Eu bem não queria mais voltar p'r'aquela terra triste, mas o destino assim o premite; o que é que eu hei de fazer? Afinal, afinal, um dia vem despois do outro, nós inda havemo' de nos encontrar...

Nhá Suzana assistiu no bairro uns dois anos, mais ou menos. Desses dois anos, uns dezoito meses foram meus a conta inteira. Fiquei enlevado duma vez pela talzinha! Também, verdade seja dita!, eu nunca tinha visto ûa moça requebrada assim, tão placiana que seduzia a gente com três ou quatro palavras. Ora eu, mucufo cá do Retiro, afundado no sertão que nem uma pintada, a bem dizer, não sabia divulgar a lijonja da amizade certa. E nhá Suzana teve artes de me deixar embeiçado, que era só bulir c'a boca, já eu lhe 'tava fazendo as mais pequenas vontades. Despois, sem mais quê nem p'ra quê, disse um dia que 'tava c'o pé no estribo e que ia p'r'a cancha velha.

– Isso é bom de dizer – eu quis atrapalhar a prosa dela: isso é bom de dizer! Vancê daqui não sai. Intão é só ir saindo? E que contas vancê me dá do meu sussego? Cuida que eu sou agora um dois-de-paus, que não valo nada, que sou tanto como um bonecrinho à toa? Não, nhá Suzana, vancê... não... sai!

Eu, por derradeiro, demorava muito as palavras, porque a fúria 'tava me subindo à cabeça. Ela primeiro fez bico, despois alevantou bem os olhos p'r'a minha banda, olhou bem nos meus olhos, e foi-me contestando de topo:

– Não fale por essa maneira, Chico Vicente! Um home' de preceito, como mecê, um home' de bastante entendimento não estróva os passos dûa mulher da comédia. Pois se eu vim p'ra mecê como tinha ido p'r'os outros, sem amor de qualidade nenhuma, sem comprimisso argum, como é que mecê me quer segurar, intão? Eu sou livre que nem aquela andorinha-murcega, que 'tá recambiando nos ares, olhe lá.

Fiquei p'r as turinas, de brabo. Vigiei uma durindana, fiz estripolia, arregalei os olhos, engrossei a voz, levantei a mão p'r'o peito dela, e ameacei com toda a sustância:

— Não me faça essa desfeita, se não quer comer já do ferro frio!

Mas nhá Suzana desapertou o corpinho, amostrou os peitos brancos, onde não se via uma nódea, e cheia de paz explicou o ato co'estes dizeres:

— Chico Vicente, uma criatura de Deus não morre duas vezes. Se mecê tem desejo de ver sangue de gente, bote a durindana. Eu tenho tanto medo da morte como daquelas nuve's que 'tão correndo lá em riba, olhe lá.

Não tive ânimo de porferir mais nada, fiquei mudo feito um peixe. Ela arretirou-se p'r'o quarto e pegou a aprontar sua trouxa. Intão pedi, por quanto santo havia, que 'o menos parasse mais uns dias comigo, p'r'abrandar a minha cruel tenção, como diz a moda, e ela, despois de muito rogada, concordou em ficar uma sumana, mesmo p'ra ver as santas missões que uns padres espanhóis 'tavam dando na vila.

Agora, não havia mais remédio: a mulinha baia escavava o chão, com ânsia de caminhar, com gana de comer légua e mais légua. Apinchei-me p'r'um canto da casa, p'ra não me escutarem os gemidos que eu não podia sujigar, e chorei tal e qual uma criança. No artigo de ela ponhar o pé no estribo, inventei de cabeça este verso:

A pomba do ar, quando avoa,
é violento demais:
meu coração, nesta horinha,
'tá cheio de dor e de ais.

Nhá Suzana amontou a cavalo. Foi ela amontar, e uma pomba legítima passar na copa duma gorucaia que tinha perto da casa de nhá mãe. Não pude ter mão em mim, que não pensasse outro verso, de repente:

Pomba, que vai tão sozinha
por esses ares de além,
você 'tá que nem eu mesmo
que vou ficar sem meu bem.

Lá se foi... Senti de sopetão um baque nos meus peitos, um estremecimento no corpo e uma lebrina pela vista, vi-me atordoado. Quando voltei em mim, já nhá Suzana ia subindo o morro. Nem virava a cabeça p'ra trás, a tirana! E eu resmunguei comigo mesmo:

Não hai coisa que mais traga
tristeza p'r'um coração,
que a poeira que vai sumindo
p'r'o outro lado do espigão.

Derreteu-se: e eu, que vi a polvadeira crescer e acabar no alto do espigão, dobrar o espigão e parar por fim em riba das arv'es duma grota, lá p'r'aquelas lonjuras, joguei-me p'r'abaixo dum monjoleiro que tinha mesmo em frente da casa, escondi a cara nas mãos, e pranteei que nem um demente.

Misericordioso Deus, pois era possive' que a malvada da nhá Suzana me largasse de verdade, e por cima de tudo nem desse jeito de sentir apartar-se de mim? De mim, que fiz por ela os maiores despropósitos? que andei feito um seu jaguariva, acompanhando a sua sombra em toda parte? que lhe dei uns par' de vestidos chibantes, um chapéu cheio de histórias, uns sapatinhos de borzeguim e uns brincos de brilhantes? e que lhe tive tanto amor? Qual! mulher é mesmo assim: quanto mais agrado, mais desprezo.

Perdi meu tempo, acreditando que nhá Suzana não fosse como as outras: era pior que as outras!

Pois é como lhe digo: nhá Suzana mexeu p'r essa estradaria excomungada. Eu sofri, que foi uma coisa de nem se poder dizer; durante muitos dias não tive cabeça p'ra cuidar da vida, não tive certeza se 'tava vivo ou se já tinha morrido: tanto me fazia que as águas rodassem p'ra baixo como que subissem p'ra cima.

Mas não hai nada como um dia despois do outro, bem ela dizia sempre. Apareceu a Marianinha lá na vila, apareceu logo dando panca, entusiasmada e c'uma fama grande demais. Eu não senti desejo de conhecer similhante moça, apesar que era uma lindura, segundo todos falavam: mas vi a dita cuja numa festa (ê! lá! festa de arromba!), peguei a arrodeá-la, dando-lhe umas pelotadinhas meio de longe, dizendo-lhe certas palavras doces e macias, até que, rematada a prucissão, já segui p'r'a casa dela, onde fiquei uns par' de dias: despois foi ela que foi p'ra minha casa.

Passou-se um mês, veio outro, e um dia, quando eu menos esperava, ouço um tropel de comitiva na minha porta; cheguei ('tava escurecendo), e reconheci no vulto de diante a nhá Suzana, embrulhada numa capa cheia de remelexos e amontada naquela mesma mula baia. Encafifei no sofragante, mas não perdi de tudo o meu tino, cheguei-me p'ra junto dela, e rosnei-lhe nos ouvidos:

– Nhá Suzana, tem gente nova nesta casa.

E ela, foi, me arrespondeu:

– De véra', seo Chico Vicente, mecê tão depressa se esqueceu de mim?

– Ora, nhá Suzana, pois vancê mesma largou de mim, agora!

– Isto é da minha vida, seo Chico Vicente: ora 'tou no céu, ora 'tou no inferno. E, se é certo que o bom filho à casa volta, eu sou bom filho, porque aqui estou.

– Eu, nhá Suzana, é que já não sou bom pai: o tempo troca tudo!

Ela ponhou as mãos nos peitos, pensou, pensou um tanto, e mandou que o page' tocasse p'r'a estrada real outra vez: e, enquanto assussegava e afrouxava na terra batida o tropel ferrado dos animais, eu escuitava uns gemidos muito fortes, que me chegavam cortados, espandongados p'r o vento, que nem farrapos. Não deixei de não ficar amaguado, meus olhos quase que se molharam.

Mas porém, nesse entremeio, voltei a cabeça p'r'o lado de casa: a Marianinha 'tava na janela, c'uma flor de bugarim no cabelo, que rescendia, e a luz clareava-lhe o rosto moreno. Botei um pé na soleira da porta, e ela veio 'o meu encontro, alegre como nhandaia na roça. Já não me aborreciam mais os saluços de nhá Suzana, que eram tão doídos, e eu entrei p'ra dentro, raciocinando que a sorte dos home's e das mulheres é mesmo esta: viverem pulando dos braços de uns p'ra os braços de outros, enquanto não hai uma paixão bem forte no meio, ou a morte não chega – a morte, que às vezes nem chega a ser tão forte como uma paixão!

BRUTO CANELA!

– Quem 'tá resguardado da chuva, com seu ponche bem quente e suas botas bem compridas, sempre acha fácil preguntar p'r'um triste trabalhador de jornal, que teve de escorar a corrimaça do aguaceiro no meio da roça, por que foi que não se escondeu e não se defendeu logo da pancada, a ponto de ficar pingando ver um pinto. Por isso é que eu não posso aturar a fidúcia deste ou daquele amarrado, que tem mulher de juízo em casa e véve batucando no nome dos outros, p'r amór de notícias de ciúme, sem não saber donde é que vem o ciúme e por que é que vem.

Moça de boa tenência, quando 'tá definitivo debaixo do telhado c'um rapaz que baseia, seje casada ou não casada, deve de ser que nem água de rebeirão que corre por cima de pedregulho – sussegada e limpinha. Se é novidadeira, se gosta de mexerico, se pega a se importar c'o que passa na casa de Fulana e de Beltrana, já vai perdendo o rumo e desguaritando pouco a pouco da estrada real. Coitado, então, de quem asséste junto de tal criatura!

Eu, que andava solto p'r o mundo, sem nada que me desse grandes alegrias, mas também sem nada que me infernizasse, 'panhei de repente um rabicho louco por nhá Chica, mulher largada do marido numa rua da minha terra. Como principiou a loucura, não lhe sei contar: nestas coisas, é como quando a gente mistura duas bebidas – esperta, esquenta, entontece e fica num zás-trás fora de si. Eu 'tava fabricando sítio no Rio Branco, baldeei co'a nhá Chica p'ra lá. E comecei vida nova, da gamboa do meu sítio em diante.

Nhá Chica, nem bem entremo' no nosso rancho, já tratou de 'ranjar tudo na linha, como prefeita dona de casa, e o rancho virou palácio, de tão cuidado e bonito! Não havia canto que a vassoura não varresse três e quatro vezes por dia, almoço que não tivesse quitute deferente, jantar sem caldo ou engrossado, sem fruta ou sem doce. Olhava p'r a minha roupa com todo o capricho, fosse o tempo enxuto ou molhado: e ela mesma se vestia e se enfeitava com todo o gosto, como se não morasse no fundo do mato.

A cabo de um mês, se tanto, eu quis saber o que é que ela pensava daquele cafundó, da nossa vida e de nós dois. Fiz indagação e mais indagação, porque sempre fui amigo de ver tudo explicado e craro. Ela me arrespondeu que achava lindo o lugar, que tinha por feliz a vida que nós levava', e que eu era um caboco bom e muito camarada. Olhei firme nos seus olhos, reparei no jeito que a sua boca fazia, não encontrei nada de mais nem de menos: nhá Chica 'tava só serenando!

Mas por volta de duas sumanas despois, num dia que marquei p'ra abrir nas terras seis valetas de fora a fora, escuitei de repente o ronco de uma gasolina, desci no rancho e vi aparecer pessoal desconhecido, que nhá Chica me disse quem era e o que queria: a Fortunata, da Conceição, apartada do marido por via de uma demanda de desquite, que percurava testemunhas, e o primo Joaquim de Magalhães, que tinha ido campear emprego c'os bananeiros do Rio Branco. Sube, aí, que na boca do povo a Fortunata era Maravilha, por ser um pancadão, e o Joaquim de Magalhães, o Dourado, em rezão do cabelo amarilho.

Não gosto de ver mulher com apelido na boca do povo: logo 'magino que é traste que véve dali p'r'aqui e daqui p'r'ali. Mulher assentada só tem a sua graça, ou um nominho caseiro, e não apelido que grita nas orelhas ou entra p'r os olhos adentro. Falei isto em voz baixa p'ra nhá Chica e, mais, que mulher que 'tá lidando co'a justiça, em questã de devórcio, não é p'r'andar suzinha c'um primo solteiro, rio acima e rio abaixo. Tratei a Maravilha e o Dourado sem melúria, mas porém com delicadeza, e voltei p'r'o serviço das valetas.

No escurecer da noite, ansim que os camaradas saíram da janta, sururuquei no meu quarto, como sempre, e vi, em riba da mesa de nhá Chica, um vidro de cheiro todo cheio de histórias, meio baço e representando o corpo de um tigre. Ela me contou que a Maravilha tinha deixado o prefume de lembrança, e p'r aqueles dias havéra de fazer outra visita, c'o Dourado ou sem o Dourado. Achei fora dos termos que nhá Chica me falasse tantas vezes no nome deste sojeito e recebesse um presente tão caro, dûa dona que não podia ter agora muita ficha. A re'posta foi pouco mais de nada, porque ela sirriu devagar, c'a boca fechada, como quem fala consigo mesmo ou com Deus: nhá Chica 'tava só serenando!

Mal tinha acabado a sumana, porque era um dia de domingo, o Dourado se apresentou outra vez no rancho. Não foi, essa vez, de gasolina, e contou que a Maravilha não podia sair tão já da cidade, porque tinha chegado a força das provas e o 'devogado lhe recomendou que não aluísse. Falou no contentamento da Maravilha, c'as últimas esc'ramuças da demanda. Tirou, por fim, da mucuta um pacote de balas de chocolate e licor, mandado da Fortunata, e fez como aquele que vai sair. Nhá Chica prestava atenção em desmasiado no tal indivíduo, que eu mal conhecia e decerto já morava nas vizinhanças, aliás sem ter contado onde morava. Troquemo' adeus, foi-se embora.

Foi-se embora, e eu dei de matutar naquele canto mais quieto, que é o cupiá do rancho: p'ra que há de ûa moça, que tem dono, grudar os olhos no home' que passa por perto? Pois não 'tá ela c'um home' seu, que é só seu e não anda cantando em cercado alheio? O que mais, intão? Tudo isso eu remexia na minha cachola, enfezado e triste: chegava junto dela, pegava-lhe na mão mimosa, falava meia palavra, e ela dizia palavra e meia. Conversa puxa conversa, logo a sua fala tomava conta de mim, como o barbicacho segura um poldro já quebrantado e que daqui a pouco o adomador vai enfrenar... Nhá Chica 'tava só serenando!

Mas eu, pensando bem, não pareço nada c'o potro redomão, que amolece e leva freio a dois arrancos. Sou um rapaz nascido no morro do Marapé, que sabe o quanto vale um rapaz nascido no morro do Marapé! Pensei, p'ra mim e p'ra mais ninguém, naquele ditado de outra hora, que quaje todos repetem só por metade: Seguro morreu de velho, Desconfiado inda 'tá vivo. Dourado mexendo p'r o meu sítio, parando no meu rancho, enchendo a morada de prosa à toa e contando mariquinhas, era coisa que não me servia. Por sim ou por não, fiquei de atalaia.

Diz que home' avisado vale por dois: eu na certeza valia o dobro, porque tomei o aviso de mim mesmo, e dei tempo ao tempo. Quando a gente arrancha no ermo, já sabe que vai ter por companhia, a maior parte das horas, só passarinho e bicho de toda casta. Se um Adão ou uma Eva mostra seu vulto no ermo, a própria bicharia e passarinhada espalha a notícia já e já: pica-pau irra voando e gritando, ganso falando espichado e fanhoso, lebre pulando p'r'a loca, cigarra parando de cantar. Nos recantos, onde eu 'tava trabalhando, não foi só uma vez que me representou sentir a chegada, a passage', a retirada de alguém. Nhá Chica não me contava isto nem aquilo.

Eu percisava, afinal, de saber quem era o alguém, ou se era alguém. Certa minhã, aí por altura de nove horas, me arvorocei c'a alatomia que as angolistas 'garraram a fazer, de repente, numa barranca do rio. A barranca era longe do meu rancho, não era perto da gamboa, divisa do meu sítio, mas a angolista é ave passeadeira, aninha onde bem lhe calha, afasta muito da morada, e certas vezes a gritaria dela é como telegrama de grande novidade.

Numa chispa alcancei o lugar da matinada, e a matinada acabou. O galinhame todo sumiu p'r a capoeira, não houve mais guaiú nem rumor nenhum. No rio, sim, é que uma canoa ia passando, sem descanso e sem pressa, apartada daquele alto coisa de duzentas braças: ia indo sem pressa e sem descanso, mas a água 'tava dura, não hai como não 'tivesse, porque de longe ansim inda eu percebia a caída do remo e o rasgamento da água. Não sei por que me pareceu que o canoeiro era, p'ra mim, gente vista e revista, no porte, no feitio dos ombros, na figura e na cor do chapéu. Não seria o Dourado?

Por um és-não-és, não dei p'ra mim mesmo a certeza de que fosse o Dourado; fiz por descortinar donde vinha e p'ra onde ia, perdi trabalho à toa: o rio dá tantas voltas, por essas voltas hai tanto sítio! O canoeiro, Dourado ou não Dourado, puxava a canoa com alma e com vontade de romper cada vez mais p'r'a frente: pouco se lhe dava do que ia acontecendo nas ribanceiras, talvez que até nem me tivesse visto.

C'um pretexto de nada, fui dali p'r'o rancho, sentei um trecho no cupiá, pratiquei batatas e bobage's co'a companheira; como aquele que se alembra por acauso duma coisa, pedi notícias da Maravilha, que nunca mais apareceu, nem o primo. Nhá Chica me disse que não sabia nada de nada: como é que havéra de saber naquela toca de largato? Cuidei que a palavra tinha queixa, e não tinha, porque o sembrante alegre de quem porferia a palavra explicava tudo: nhá Chica 'tava só serenando!

Vou dizer agora o que é triste e o que é feio, e digo porque é verdade: peguei a fazer ronda no rancho, corre daqui, corre dali, feito criança de poucos anos cirnindo sem parada numa casa sem governo. Eu escapava do serviço, volta e meia, arrodeava a maior parte da casa por dentro do mato, ia outra vez p'r'o serviço, em jejum como tinha saído: no meu rancho só havia nhá Chica, por sinal que sastifeita, cantando as lindas cantigas que trouxe lá da Conceição. Nunca pensei que se pudesse perder peso e perder cor, como perdi naquela quadra, só por via de maus pensamentos e malinconia. E um pouco onte', hoje mais, muitas vez' falei suzinho, fazendo gesto e suspirando p'r o meio do mato, ver um pobre-diabo que não 'tá regulando muito. P'ra mim mesmo preguntei, onte' um pouco e mais hoje, p'ra no outro dia inda crescer na fúria da pregunta:

– Que bruto canela é este, rapaz? Você não 'tá vendo que nhá Chica é mulher de bem e lhe quer bem? Você não tem cabeça p'ra divulgar a lealdade da sua companheira, em tudo quanto ela diz, em tudo quanto ela faz? Você virou maluco, p'ra viver espreitando o seu rancho, e acabou demente duma vez, p'r'andar tocaiando ansim ûa mulher de coração lavado? Tenha mão em si!

Por algumas horas, e até por um dia ou por uma noite, o filho de meu pai assussegava: o mundo pegava a ser uma beleza, e o sítio, um céu aberto! Meu coração batia compassado, meu sono era muciço até a ruiva do amanhecer. Levantava consolado, tomava meu café com duas mãos, enveredava p'r'o serviço – e o serviço rendia como se fosse de dois e três peitudos. Quando chegava em casa e ganhava o rumo do quarto, lá ia topar co'a nhá Chica na costura, já de comida perparada e contente de me ver. Eu punha os olhos devagar e com todo o querer na bela feição: nhá Chica 'tava só serenando!

A paz do meu coração aturava pouco. Logo no outro dia, por isto ou por aquilo, eu recaía naquele ciúme desesperado: se a criação miúda, sem ser na hora da ração ou na hora de empoleirar, corria com bulha no terreiro; se o Valente, que era o cachorro da minha maior estima, um vinagre alto, de presunho grosso, guanhia fora do regulamento; se o bando das rolinhas voava inteiro, de perto do rancho p'ra lá do rio, antes do sol virar.

Calhou que uma segunda-feira, p'r amór de a derrubada de dois alqueires na outra banda do sítio, pulei mais cedo da cama, passei a mão na espingarda e nos aviamentos, dei muitas buquinhas em nhá Chica, saí. Eu ia fornecer mil e quinhentos metros de lenha p'r'uma companhia da cidade, no espaço de dois meses, tinha ajustado dez jornaleiros de fiança: mandei por diante um camarada tocando o burro da manjuva, e, quando me vi no ponto do capoeirão, donde havéra de cair o arvoredo, acabou de romper o dia.

Peguemo' logo na lida, machado e foice cantou naquela paulama empinhocada, muito cipó veio abaixo, muita copa, rodando, estrondou feio, no selêncio do capoeirão. Eu tenho pena do pé de ingá ou de curuanha, que vivia tão lindo no meio das outras arv'es, e cai ansim no chão, cortado e escangalhado, p'ra ser aminhã labareda e cinza! Eu tenho pena... mas o que é que val' a pena, se a gente, p'ra viver, tem mesmo de mudar as coisas em moeda e nota?

Na hora do mastigo, pensei e repensei as minhas amarguras. O que 'taria fazendo nhá Chica lá da outra banda do sítio, no rancho que fiz p'ra mim, no palácio que ela fez p'ra nós dois? Nhá Chica 'taria pensando em mim, achando falta em mim? Ou não? Este não me doeu como se nem tivesse vindo da minha alma, tivesse vindo não sei donde e preguntado não sei por quem...

De repente me deu uma sapituca de ver nhá Chica: atorei p'ra casa no passo de quem vai tirar o pai da forca. Gente caçoísta, que soubesse de tal repente, havéra de dizer que o rabicho do rapaz era dos que tanto cortam na subida como na descida. Dentro do meu pensamento, quando eu ia caminhando, não havia sodade só, havia também um ramo daquele meio medo que o andante sente às vez', saindo da luz do sol e entrando no meio-escuro do mato. Em três tempos cheguei no rancho: tudo quieto! P'ra não dizer que 'tava tudo quieto, a conta inteira, a máquina de costura de nhá Chica fazia no quarto um rumor de pouco som, cose não cose, pára não pára. Olhei p'r'o rio, vi uma canoa correndo a todo o correr, já no outro rumo da do outro dia, e mal pude enxergar o canoeiro, porque encobriu numa touceira alta de capim-angola. Não seria o Dourado? Fiquei gangorreando do não p'r'o sim. Entrei em casa, nada demais: nhá Chica 'tava só serenando!

Senhor Deus de misericórdia, intão aquele bruto canela não me largava, o resto da vida? Era penitência? Era castigo? Mas o que fiz eu, Senhor Deus de misericórdia, p'ra merecer tamanho castigo e penitência? não perjudiquei ninguém, não maltratei ninguém, não falei mal de ninguém: cuidei só e só de mim e de nhá Chica, apartado do mundo, como quem não se importa com o que acontece p'ra lá da sua cancha. Botei-me outra vez p'r'o capoeirão da derrubada, aticei os jornaleiros c'um reparte de bolão e broinhas, arrematado com sumo de cana, rasguemo' no arvoredo uma brecha larga. Voltei p'r'o rancho quando a noite já vinha vindo: não sei por que me pegou uma canseira tão forte e a suspiração me apertou de repente, quaje a ponto de me doer.

Já não madruguei na terça. Tirei-me da cama na hora que o sol principia a escapar do morro, comi qualquer coisa de carreira, vigiei ûa manguara de caxicaém, que truxe de serra acima, apinchei-me p'r'o lado do capoeirão. Ia alcançando as plantas (meus cinco mil pés 'tava' rompendo p'r'o céu, tudo muito bem egualado), e parei de supetão. Eu tinha percebido chegada de gente no sítio, voltei nos pés. P'ra dentro da casa não vi que houvesse novidade: janelas e portas continuavam do mesmo jeito que deixei. Mas um home' passava p'r a beirada do rio, vagarento e parecendo distraído, olhando muito p'r'o meu rancho. Pus a mão esquerda em riba dos olhos, olhei: o home' que passava era o Dourado.

Por que é que o Dourado não passava duma vez, como os outros andantes? Por que é que arreparava tanto no meu rancho? É certo que não chegou, não falou, não deu maior sinal de sua passage': mas por que é que arreparava tanto? Esqueci de tudo que um moço de juízo deve alembrar, fiquei de mão fria e cara quente, avoei c'a manguara em riba do Dourado. Minha mente era de lhe dar uma esfrega pequetita, uma surrinha maneira que não deixasse rasto nem fosse rezão de se chamar o curimbamba. Mas, ansim que 'garrei a manejar o pau, perdi a conta de tudo e casquei-lhe de rijo. Despois, você sabe: madeira de caxicaém tem réiva de corpo de home'... Quando caí em mim, notei que um braço dele 'tava desgovernado, a cara da cor da parede e o corpo na tremedeira.

Tive pena do Dourado, ou foi só medo da justiça? Não lhe posso dizer o que sim e o que não, porque até hoje não entendo como foi: arrumei o Dourado na cacunda, empurrei a canoa do meu porto, fui percurar recurso no premeiro vizinho arranjado daquelas redondezas. Ele gemia feito criança muito criança, dizia que não dava parte de mim, jurava e tresjurava que não sabia a causa da minha zanga. Seguro morreu de velho, Desconfiado inda 'tá vivo: despois que deixei o machucado entregue em mão do vizinho, tratei de fazer chão.

Você me quererá dizer que eu fui percipitado, que a canelage' me atrapalhou a cabeça, que o Dourado levou à toa uma sapeca meia braba: mas ponha-se no meu lugar e veja o que eu não padeci p'ra chegar nesse ponto. P'ra que havéra de se apresentar na minha casa a sirigaita da Maravilha, levando o primo, feito corda e caçamba? P'ra que havéra o primo, sem dizer água vai, de andar trançando p'r as redondezas do meu sítio, que nem que 'tivesse fazendo medição? Agora, minha sina é 'rancar cipó e amassar caminhos e caminhos de extravio: ansim que a fordinha já não pôde vir p'ra diante, soltei a fordinha, por pouco mais de nada, na mão de um roceiro prosa, perto de Jaboticabal. E 'tou vendo, à minha custa, e por mim mesmo, as voltas que o mundo dá.

De trisavô a trisneto, na minha raça não se sabe de ninguém que tenha entrado na casa da pouca farinha. A vergonha da minha raça não há de vir por mim. Mandei percuração p'r'o Donato, que tome conta do que é meu e não deixe perecer um sítio que fabriquei com tanta amizade e melhorava, cada dia, com tanto entusiasmo. Tome conta de nhá Chica o demônio, ou quem quiser: que eu, p'r amór de ela, sofri o quanto se pode sofrer na terra, já não agüento mais.

E uma coisa lhe afianço, que você decerto nem há de querer acreditar: enquanto eu me espalho p'r estas lonjuras, padecendo dia e noite, comendo o pão que o diabo amassou, no lugar onde Judas perdéu as botas, nhá Chica 'tá só serenando!

AO CORRER DAS ÁGUAS

— Eu 'tava encostado ali na capororoca, na veira do rio, perto do rebojo, fazendo as contas da minha vida, e triste de devéra'. Uma tabarana plancheou em riba da água, atrás dum lambari-tambiú que largou seu pulo desesperado e foi cair saluçando na lóquinha de pedra, rente c'uma touceira de capituva. A tabarana sumiu, lograda e cheia de zanga, mas na flor da água apontou uma bolha grande, que desceu quando muito duas braças, inté que o sol lhe deu, e ficou inteirinha cor de ouro, uma boniteza! Mas desmanchou-se no mesmo sofragante, e inda vi uns respingos em roda, antes que o rio acabasse de alisar naquele trecho.

Pois a minha alegria, quando eu tive por vancê o amor tão forte que tive, sá Rosália, foi tal e qual aquela bolha dágua: apareceu por acauso, enfeitou-se c'o sol, desfez-se logo. E eu fiquei parado na vida, vendo correr as ôndeas do rio, olhando muito firme, esperando que uma lindura ansim havéra de amostrar-se outra vez, inda que fosse um piquitito pedaço de tempo. Mas porém as ôndeas passaram, a minha alegria morreu nelas.

Despois eu quis-me aventurar em novos amores, bati mundo, andei caí-caindo em cada taimbé louco, virando cada morro tirano, chujando meus pés no lodo, 'panhando a poeira fina das estradas, ver o judeu errante. Fui, sem tirar nem pôr, que nem o tal daquele verso velho:

> Vim descendo rio abaixo
> como o peixe lambari,
> campeando amores de longe,
> que os de perto eu já perdi.

O que eu lhe posso afiançar e jurar contra a minha alma, sá Rosália, é que nunca mais tive os de perto e os de longe não me serviram. A viage' desse campeio só me trouxe tristeza e malinconia, quando não fúria e quijília.

Quem é tão quarta-feira ansim, que cuida que o amor a gente topa quando quer, numa reviravolta de caminho, no escuro dum capoeirão, na rua duma capela? Amor é uma coisa que afloresce por si mesmo, sem que se espere nem se chame: e quem percura não acha. Pobre de quem vai intentado, como eu ia, a ter sussego na distância e distraimento nas breganhas da sorte!

Eu sempre aquerditei no ditado dos versos, não sei a troco do quê; p'ra mim me parece que quem tem cabeça boa p'ra fazer um verso bem certo é porque tem bom coiração e bom sentimento: e quem tem tudo isso, e já padeceu na vida seu tanto ou quanto, há de por força falar verdade, proveniente de exame e exp'riência. Por essa rezão é que este verso nunca me saiu do meu sentido:

> O fogo nasce da pedra,
> a pedra nasce do chão,
> a graça nasce dos olhos,
> o amor, do coração.

Vancê fez de mim o que quis, sá Rosália, p'r esses tempos atrás. Por seu respeito eu deixei pai e mãe, ganhei a minha liberdade a poder de sol e chuva, numa serviçama que inté nem tinha prepósito. Paguei c'ûa madrugada o benefício da criação que minha gente me deu, fui-me ajustar como carreiro no sítio do Franzino, só p'ra ficar vizinhando com vancê, atirando e recebendo olhaduras o dia inteiro, dando pasto a estes meus olhos que eram de premeiro tão apaixonados, e agora são tão apaixonados e tão tristes!

No sítio, quando a atribulação era por demais (e eu não tinha de ajudante senão aquele candieiro, um minguta deste tamanhiquinho, um cinco réis de home'), ché!, não pensava encarreado, a mó' que tudo me dançava adiante dos olhos, só porque eu não podia 'tar c'os olhos bem granados na sua casa. Vancê, nesse rico tempinho, representava ter por mim uma soneira decidida: e eu tinha tanta fiança em vancê como na minha mão dereita, só Deus sabe!

Às vezes, c'o juízo a juro, do trabalho acochado e da falta de ver vancê bem conhece quem, eu ia falar um nome e falava outro; em vez de gritar, verbi-gracia: "Puxa, Laranjo! 'fasta, Venenoso! Abre, Palhaço! Ruma, Batuirão!", o que eu dizia era: "Sá Rosália!" e a voz abrandava um pouco: "Sá Rosália!", inté que já ia de rasto, e o meu coiração me 'garrava num treme-treme sem jeito: "Sá Rosália!"

Eu ficava passado, olhava por tuda' as bandas, e só sussegava depois de ver que nenhum ouvido de home' não tinha escuitado a minha loucura. Quando muito, nalgum peito-de-pomba que esparramava a galharia p'r a estrada, um bando de pintassilvos tinha rompido numa cantoria alegre trovando bem uns c'os outros, e afinal avoavam p'r'o laranjal, intimando c'as penas cor de puro leite e azul-marinho. Aí eu dava de rir, isto é verdade, mas porém vancê mesma nunca me fugiu da lembrança.

Agora é que eu tinha vontade de saber: por que foi que vancê se esqueceu de mim duma hora p'r'outra, como quem joga uma casca de mexerica numa corredeira e co'ela não se importa mais, desça p'ra onde descer?

Antão, se eu não era do seu agrado, vancê não teve tanto espaço de me desenganar, antes de eu fazer a malfeitoria que fiz p'ra pai e mãe? Se o Lopinho ganhava de mim no ter uma engenhoca de cana, um ruço queimado de vinte anos e dois celamins de terra, eu também podia de repente, c'o meu créito e corage' ('tava no seu querer), assentar o meu cilindro, pissuir o tordilho negro do Zé Faustino e amansar ûa mataria que me tocou lá p'r'o Ribeirão das Antas.

Ò Lopinho 'tá muito doce na sua boca, sá Rosália? Deus apremita que não amargue um dia! A gente nunca deve largar o certo p'r o duvidoso: quem faz ansim é como quem bota dinheiro bom em riba de negócio rúim. O Lopinho arrebentou aqui sem dizer lá vai água, todo quebra-quebra e muito embonecrado, com seus lencinhos de seda e vidros de cheiro, bigode retrocido e chapéu batido na testa: aqui fez morada em três tempos, 'tá moendo sua caiana p'ra pouca pinga e quaje açucre nenhum: tem estampa, mas porém não tem alma nem peito' de home'. Serviu-lhe, caiu no seu chão, sá Rosália? – pois que se arregalem e se adivirtam: o mundo é dos que se querem.

Se um dia ele abrir o pala, quando vancê menos se precatar e 'tiver mais enlevada, não se adimire: como é que havéram de viver os ladinos, se no mundo não vivesse um ou outro simple'? Vou-lhe repetir um verso que 'vi certo moço da outra banda da província soletrar num pagode, e feito ali mesmo:

> Não namore, moreninha,
> quem tem juízo não namora:
> rapaz de hoje é que nem peixe,
> morde a isca e vai-se embora.

A minha vida 'tá hoje uma trapeira, isso eu lhe confesso: mas a sua também 'tá meia no balanço. Vancê assentou de mudar rumo, trocar um moço da terra por um vindouro, 'tá no seu dereito, que no seu querer ninguém não manda nem não tem jurdição. Cada um deve ser feliz ou desinfeliz p'r o que fizer ou p'r o que deixar de fazer. Despois, ele é muito melhor lente do que eu, p'ra lhe contar histórias complicadas e guerras lá de longe: eu mal apenas assino o meu nome, só não peço punho alheio p'ra isso, e faço as contas inté a de repartição. Vancê também é ûa moça de preceito, na certeza hão de viver como Deus c'os anjos. O que eu sempre lhe dou de conselho é que não faça contudo muita fé na cumbersa desses pelintres, que ninguém não sabe donde é que vieram.

Vancê 'tá vendo correr essas águas, alguma serapilheira que caiu nas veiradas, alguma folha seca, alguma tanajura morta? Tudo some, por fim, tudo some na última volta do rio: mas porém o que nunca morre, nem nunca há de morrer, é esse rugido que as águas fazem batendo nas pedras, solapando as ribanceiras, arrastando os cernes e as folhage's.

Eu perdi o seu amor, sá Rosália, e aqui fiquei padecendo a sodade, que me parece, despois de tudo passado, essa voz delorida das águas. Queira Deus vancê também um dia não se veja como eu agora, não se alembre de mim olhando o rio que desce, não tenha também sodade e, 'maginando ver a minha voz, não chegue mais perto dos saltos ou dos remansos p'ra dizer desconsolada:

— Não, não é nada: são as ôndeas do rio que vão descendo...

VIOLENTO

– Paqueiro de qualidade, como aquele, nunca pisou nenhum por estas bibocas: o bom e o especial chegou inté ali e parou! Não era cachorro desses talentos de gritar que nem papagaio, logo na soltada, mas também, quando se ouvia um quarteado fino lá no meio do mato, podia-se contar certo que rasto já havia. Colava uma cambucica, por mais esperta e marralheira que fosse, e não largava mais; quando percebia que ela 'tava cansada, ferrava-lhe os dentes a tudo o risco, sem medo e sem dó.

P'ra desencovar, antão? Afundasse a bicha quanto quisesse: ele raspava a terra, espalhava as folhas secas, punha o olheiro à mostra, cavocava – e nenhuma desgracionada era capaz de escapar.

Entretanto, já vinha de raça, e quem puxa p'r os seus não degenera. O pai, chamado Bocanegra, foi afamado neste centro de sertão: a mãe, por nome Candimba, teve histórias largas: e inté queria o dono dizer (decerto prosa à toa) que os avós já tinham sido garoas.

O dono do Violento, o Quim de Moraes, quando ele morreu, pranteou feito uma criança, e falou c'os olhos nadando em água:

– Ah! Violento da minh'alma! Você foi sempre o meu tira-cisma! Agora, que você passou desta vida, as pacas do sítio vão ficar tão atrevidas que são capazes de fazer algum pisquim bulindo comigo!

Nhô Quim tinha rezão. O Violento era o respeito, era o tudo daquele meinho. Fazia tantas áfricas, tantas proezas, que mais dava lado p'r'o povo dizer que caçador sempre é queimador de campo. Pois quem havéra de aquerditar que o Violento, um belo dia, tendo sumido certa paca na Corredeira Torta, sem que ninguém não pudesse dar solução da tal, por mais que canoa subisse p'ra cima e descesse p'ra baixo, foi descobrir a rajada no escuro dum solapão 'maldiçoado, a vida inteira cheio dágua, que nem parecia lóca de bicho?

Isso ainda não foi nada! Uma vez, despois de muito pensar, nhô Quim resolveu ir fazer uma tutuca de entusiasmo c'a paca velha que morava anexo à roça do João Salustiano e ia cair num córguinho miúdo que tem p'r'um lado do mato-virge', a par dum cultivado. Aquela paca tinha uma senhora fama: não havia caçador, p'r estes cafundós, que não soubesse contar um causo a respeito da dita cuja. Cachorro, que passava por legítimo, revirava por ali, descobria o ninho; ela 'tava logo de pé; corrida subia o morro, corrida descia o morro, vinha requintando, girava, mexia, desaparecia de repente: p'r onde? p'r aquele córguinho de meia pataca, que não dá água nem inté nos joelhos dum home', por mais ira que o home' seje.

Ansim que o João Bento, o João Firmino, o Zé Fortunato, o Chico Beraldo e os mais caçadores da redondeza souberam que deu na cabeça do nhô Quim similhante bobage', pintaram o caneco, tosando o outro e dizendo coisas desta altura:

– Nhô Quim 'tá solto de cabo a rasto! Onde é que já se 'viu agora contar que um jaguapeva de pouco mais ou menos botou cinza nos paqueiros de verdade?

– Aquilo na certeza é porque o caboco entrou demais nas águas de setembro!

– Não, isso não: nhô Quim de Moraes não chupa!

– Pois por isso mesmo: bateu um tiquinho da branca, virou os cascos, e despois a ressaca foi tamanha disparidade!

Toda esta prosaria, afinal, não passava de inveja de caçadores. Eles não querem que se diga, mas porém não podem dizer que não: dono de

cachorrada de mato ou de campo não admete que haja na terra cachorro mais bom que o seu. Nhô Quim caiu na asneira de pissuir um paqueiro e tanto, agora agüentasse o peso da sorte!
E lá foi.

Quando desatrelou os outros, já o Violento, que andava sem parelho, porque parelho 'não tinha mesmo!, suspendeu p'r o mato fora. A soltada foi do lado de cá do córgo. Estumação daqui, atiçamento dali, a bicharia remontou, que foi embora, dobrou espigão, derreteu duma vez. Sumiu p'r esse mundo sem fundo! Mas porém o certo é que não demorou muito tempo já se 'viu a voz do Violento na cama: os do bandinho, nem bem escuitaram a voz do capitão, voltaram nos pés, chorando e guanhindo que não tinham mais jeito.

Nhô Quim batia as palmas, soltava cada berro macóta, assobiava inguiçando o Violento: e o Violento com pouca demora trouxe a guasqueira num cortado, escavando a porta da toca, puxando terra, tomando conta da outra. Passados uns quinze minutos, a baia rompeu, que foi um relamp'o: nem parecia paca, parecia materio, dando saltos esquisitos, intreverados com paradas de enganar. Foi sair do ninho, e percurar a aguada.

O Violento vinha firme na cola, não arredava um pé do carreiro, nem p'r amór de os galhos e os ramos, pulava como se fosse a companheira dela. Chegou na beira dágua, olhou, que olhou, campeou por quanta lóquinha havia, por quanta raiz de pau – nada. O resto do bando arrebentou de supetão na saída do carreiro, fez tuda a diligência, ribanceou a água inté umas cem braças – nada.

Nhô Quim montou no ruço, ficou passado! Bem se via que tinha acontecido c'o Violento o mesmo que com tudo' os outros paqueiros da vizinhança: perder a cócha, num caso destes, é a premeira e a única infelicidade que um caçador pode ter. Botou a unha do dedo grande da mão esquerda entremeio dos dois dentes de baixo, na frente, arribitou os beiços, jeito que só fazia quando 'tava muito banzativo, e deu de 'maginar.

Encafifado, isso 'tava de devéra', remoendo-se lá por dentro, quando reparou que o Violento arrodeava um pau de guaraiúva por tuda' as bandas, riscando o chão c'as unhas, e louco da vida! Aquilo era coisa! Gritou p'r'o Violento, e o Violento saluçou na mesma hora, dûa maneira que arripiava os cabelos da gente. E daí por diante era saluço em riba de saluço, entremeiados de cada latido que varava a mataria!

Não tardou muito p'ra nhô Quim descobrir a causa de tamanho arvoroço: pôs atenção na guaraiúva, que era meia arcada, c'uma touceira de guaimbê na volta do tronco – e o que é que não havéra de ver? a tal senhora dona paca amoitada na ramage' do cipó, c'os olhos pulados e o queixo num mexe-mexe dos dianhos.

– Ai, Violento! foi o que achou p'ra dizer: você sempre tem aprovado que é o último remédio!

E carcou fogo na paca. E a paca, foi, morreu.

Pois o carreiro, aí, vinha vindo num terreno lançante demais, lançante e malfeito, num lugar que a descida era forte a conta inteira, tinha essa guaraiúva, que saía dûa meia-barroca, p'r uma banda: a paca disparava e, topando c'a ramaria tão perto de si, apinchava-se p'r'o chujo, agachava – e adeus, caçada!

Nhô Quim, essa noite, nem drumiu; quando passou p'r o sono, ao crarear do dia, sonhou que pregara chumbo na dita paca, segurara a dita paca, mas porém, como não 'tivesse bem morta ainda, afincou-lhe as presas numa das mãos dele, nhô Quim. Nesse pedaço largou um grito danado, deu um soco de desespero – e quem apanhou o soco foi o pobre dum filhinho, que 'tava drumindo junto e acordou gemendo a mais não poder.

Isto acontece!

Outra vez... É muito comprida a listra das diabruras que o Violento aprontava: nem paga a pena pegar co'elas, porque antão vai-se muito longe.

Logo que souberam, por notícia, que o Violento esticara os cambitos, o João Bento, o João

Firmino e o Chico Beraldo foram disso tomar fé. Por que foi que morreu, por que não foi? indagavam cheios de curiosidade e c'um tantinho de dó: e nhô Quim respondia que aquilo tinha sido arte de um dourado dos infernos, que vivia arranchado no capoeirão do pé da casa.

O João Firmino preguntou no sofragante:

– Ora, por que não me mandou chamar? Eu tenho a guiné de cipó, que é um santo contra, é um porrete.

– Não tive prazo – explicou-lhe nhô Quim: o coitado já apareceu minando sangue p'r a boca, p'r os olhos e p'r as orelhas.

Principiaram a estudar o Violento, mostrando muita piadade. Despois, quando a tarde já 'tava fecha-não-fecha, na hora que os morcegos 'garram a voar e os urus falam grosso do fundo da goela, empoleirando, foram todos enterrar o cachorro no canto da furna que tem p'ra lá do capoeirão, num lugar onde antigamente as pacas trançavam que era um despotismo.

Nhô Quim abriu uma cova, pôs lá dentro o defunto, com tudo o cuidado, e ficou esquecido uns par' de minutos, contemplando: correram-lhe as lágrimas p'r o rosto abaixo, lágrimas que logo ficaram cor de fogo, por via do sol que ia margulhando atrás da serra. O chão era de catanduva, tudo esbrugado: foram caindo em riba do Violento as mãozadas de terra, devagarzinho, sem rumor nenhum. A noite, que veio cor de cinza, acabou pretejando em tudo' os recantos do céu. E em seguida rompeu dos caminhos e dos trilhos mais abafados a prantaria dos curiangos.

De volta o João Firmino dizia:

— Home'! o cachorro foi bom às dereitas! Era o melhor destas cercanias! Agora, antão, é que não hai um que pise adiante do meu Espadilha!

Nhô Quim, c'os olhos merejando ainda, doeu-se deste feitió:

— Agora, que ele 'tá morto, você confessa! Também, não é de adimirar: se c'os filhos de Deus acontece isto, de só despois da morte serem conhecidos e reconhecidos p'r o que valem, quanto mais c'o triste dum paqueiro!

E rematou a prosa, entrando em casa, c'a voz um pouco travada:

— Só faltava falar!

ENREDOS

– Botei meu socado novo no burrinho estrelo, cheguei-lhe nas ancas o par de chilenas, 'tou de retirada: vou-me embora, num átimo, p'r'esse mundão de meus pecados. Não posso mais agüentar os piques e as fusquinhas que nhá Maruca me faz. De premeiro, quando eu vinha comprar os limais neste rincão, perto da casa dela, e vorteava só p'ra portar um bocado, ela a mó' que me queria comer c'os olhos, de tanta amizade e tanta fúria com que me olhava. Despois, p'r amór de os ditos de uma cabocada à toa, a tirana 'garrou a tratar a gente c'um pouco causo de desesperar.

Qual foi o diz-que da cabocada? Uma coisa que inté nem paga a pena repetir: p'ra nhá Maruca mentiram que eu andava de cotejo c'a chininha do bairro de São José. Uns bragabundos afirmaram que me tinham visto de prosa c'a moça; outros, que me enxergaram no quarto; outros, mais, antão disseram que, co'aqueles que a terra há de comer, espiaram um dia p'r o buraco da fechadura e repararam que eu 'tava aos abraços c'a chininha. Também, se eu sei quem foram os tais fazedores desta balbúrdia na minha vida, por Deus em como escurrupichava uma fumaça em cada um!

Nhá Maruca, no artigo de eu lhe dizer adeus, a derradeira vez que fui lá, nem deu fé: parecia que eu era um jaguapeva sem qualidade que 'tava passeando e por acauso entrou na sala. Na mesma horinha já fiquei c'a pedra no sapato, desconfiado por demais; logo em seguida, p'ra liquidar as dúvidas, tratei de falar qualquer miuçalha, como aquele que quer abrir a cumbersa. Falei que com tuda a certeza nhá Maruca se via triste. Ora o que é que ela havia de me arresponder? Calcule lá quem tem bom entendimento. Arrespondeu que não era da minha conta.

O que valeu foi que nós dois 'távamos suzinhos, senão era capaz de sair barulho grosso: que o pai dela é amargoso de verdade! Abrandei a voz o quanto pude, e preguntei por que motivo mereci tamanha seriedade e brabeza: ela virou as costas e deu-me de conselho que fosse treler c'a chininha do bairro de São José, que era melhor.

"'tá bom! 'tá dereito!", únicas vozes que achei na minha garganta p'ra soltar naquele momento esquisito. Com pouca demora abri-me. E aqui não posso deixar de não alembrar que vim chorando p'r o caminho, vim chorando que inté era vergonha! Nem é bom pensar nas ânsias que eu senti, por via de similhante judiação! Daí por diante, Deus do céu poderoso!, a danada pôs o meu coiração nas toeiras, de sofrimento e amargura. Passava a par comigo, olhava a gente c'uns olhos frios de tudo, que inté já 'tava sendo um castigo! Arei p'ra poder encontrar co'ela e explicar a minha verdade: não foi possive'! Ela principiou a fugir de mim que nem o diabo da cruz.

Mandei carta: carta veio sem não ser aberta. Mandei recado: recado ficou embargado no caminho e não vortou. Rezei oração p'ra quanto santo hai: os santos não fizeram milagre. Arranjei coisa-feita, p'r'ela beber e amansar: coisa-feita não deu nada.

Caí no desânimo e perdi a corage', porque nhá Maruca, p'ra mim, é tudo na terra: faltou ela, faltou tudo. E, se arvorar um sojeito qualquer que me afiance que amor do fundo do coiração é prosa só, logo lhe contestarei tal dizer, porque comigo mesmo eu 'tou verificando que não é prosa, não.

Vejo-me no alto do morro, vou p'r o rumo do Ourinho. Já virei o estrelo muitas vezes p'ra trás: tantas vezes, que ele inté já pegou a trocar as orelhas e ameaça uns certos passarinhões que inventou agora, c'o fim de me apurar a minha paciência. Qual passarinhão, nem meio passarinhão! Um mortal, ver eu, quando já 'tá pelo que der e vier, não corre perigo nem risco nenhum!

O meu consolo é botar os olhos na cumiada da casa de nhá Maruca, e fazer exclamação e mais exclamação: por seu respeito, nhá Maruca, a minha vida caiu numa barrocada louca. Nunca mais decerto eu não poderei sair deste fundão, adonde a vida que se véve é mais pior que a própria morte. Sodade vai-me doer nos peitos tudo dia e tuda noite; o desespero que eu hei de ter há de ser tão grande que sem dúvida lidará pouco a pouco, inté acabar duma vez co'esta existência denegrida, sem alegria e sem alívio. Se não fosse vancê pôr sentido nos enredos dessa caiçarada...

Vancê nunca teve mesmo a cachóla dereita, nhá Maruca: boniteza e gás, é com vancê, mas porém juízo! Não se alembra daquele dia que quiseram estrangolar a nossa amizade e me contaram que vancê 'tava de olhadura cerrada c'um peralte da Serra dos Agudos, que veio passar uma tropa aqui? Não se alembra mais do que foi que eu disse? Pois eu disse que o que tivesse de acontecer trazia muita força – e os enredeiros ficaram no ora veja, que nem ânimo tiveram p'ra mais nada, daí p'ra diante. Por que foi que vancê não fez agora a mesma coisa?

Outra vez uma tal senhora dona quis tirar farinha comigo, p'r amór de vancê. Era uma bonecrinha de cera, que me quis e que eu refuguei, por sua causa, nhá Maruca! Entrou dizendo que quem semeia vento colhe tempestade, que as águas que vão não voltam, e umas leréias ansim, que cá me buliam co'a minha paciência; por derradeiro, falou que eu havéra de ter bom proveito c'os amores novos, que eu esperasse! Não tive mão em mim: disse umas par' de liberdades p'r'a tal senhora dona, que por sinal acabou por me rogar uma praga. E 'tou agora pagando com língua de palmo aquela falta de rezão.

Mas não tem nada, nhá Maruca! Eu vou p'r'essa terraria de meu Deus, e vou triste que nem o sem-fim piando no galho da guaiabeira, quando o sol margulha no morro; o meu coiração revira deleriado dentro do meu peito; os meus ouvidos 'tão cheios dum rumor que eu nem não entendo: a minha cabeça 'tá pensando atrapalhado: eu me parece que nem sou mais eu mesmo...

Agora, daqui a uns tempos, premita o céu que eu minta!, vancê há de se arrepender, já tarde e já sem remédio, do mal que me causou. O único pensamento menos escuro que eu tenho é tal e qual aquele fim de história que eu lhe contava sempre, e que fazia o seu regalo:

"Deixa estar, jacaré: a lagoa há de secar! Tu p'ra cá há' de vortar, c'a tua cacundinha cinzenta: deixa estar!"

COM DEUS E AS ALMAS

— A Estiva naquele tempo era uma parage' soturna, sem nenhum morador por perto, entre duas bocainas de campo. Você não se alembra, Pratinha? Tirante o rancho, adonde nós chegamos no fechar do dia, tudo o mais era mato brabo. Não se escuitava uma voz, que fosse, de passarinho cantador ou de bicho de casa: quando muito, alta noite, uma risada triste de coruja, um guanhido de lobo, algum mio de saçuarana. Você botou reparo no ermo, achou que aquilo 'tava um desespero de lugar, pediu que eu soltasse a tropa mais p'ra diante, inda que não se topasse uma tapera p'ra remédio.

Eu andava liberado a tudo, des que você me quis acompanhar p'r esta lida das estradas, batendo carga em São Paulo, trazendo carga até a Franca. O seu marido também era tropeiro, tinha saído uns par' de dias antes, ansim que você lhe disse duma vez que 'tava p'r as minhas orde's. Eu, falo hoje a minha verdade, cuidei muitas vezes que ia encontrar similhante home' de repente, nalguma volta de caminho ou dobrada de morro. E carreguei co'esse pensamento a viage' inteira, chegando a ficar certas ocasiões tão distraído que você me preguntou se o remorso me cutucava, se eu me sentia arrependido, se o frio da tristura me tinha caído no meu coiração.

Você inda se alembra do guarapuava que eu lhe dei p'r'a viage', um baio escuro dos cabos negros, meio fumaça, marisqueiro, que reparava em quanto galho havia e fazia cada refugão de virar nos pés e bufar? Mas porém montaria boa 'tava ali! Eu caminhava sempre a parzinho com você, entusiasmado da moça e do cavalo, como quem leva consigo o que mais estima no mundo e não se lhe dá de deixar p'ra trás a terraria toda de Nosso Senhor.

Fomos parar nas beiradas da Casa Branca, num ranchão alegre e povoado, e você amostrou-se bem sastifeita. Chamei o capataz da tropa, marquei o ponto do encosto da carga, entrei p'ra dentro do rancho. O dono era um mineiro grandalhão, de cabelo corrido, feito um bugre, muito prosa e contador de novidades. Mandei descer um matabicho p'ra mim e outro p'ra você. O rancheiro puxou dois copos de martelo, ia encher o segundo de caninha, quando eu lhe sustive a mão no ar e falei c'um sembrante muito sério: "O Timóteo bebe pinga, não hai dúvida, porque percisa de esquentar o peito e escaldar o coiração: mas contanto que a moça do Timóteo só bebe vinho branco e licor açucarado!" Você não se alembra mais dessa bobage', Pratinha?

O dono da casa fez um jeito de adimirado e me preguntou se eu me chamava Timóteo, se era franqueiro e batedor de tropa, se tinha roubado lá fora a mulher dum tal Mané Borge'. Arrespondi-lhe c'o sangue nos olhos: que sim, que sim e que sim, mas que tudo aquilo não era de sua conta. Ele pediu desculpa, mandou perparar a pousada, e eu saí p'ra ver a montoeira da carga. A tropa mal tinha acabado de chegar. Um burrinho picaço velhaqueou no alto do espigão, que estava meio escorregoso dumas chuvas passadas, e dera panca p'ra se deixar cercar no cerrado, entre os indaiás que 'tavam cheios de folhas. Inda abanava as orelhas, espantado.

Ansim que o capataz foi desapertar o ligal do Pachola, que na tropa era o macho de flor, o ligal ringiu e p'ra afrouxar deu um som que foi o mesmo que um gemido. Eu não deixei de não ficar meio fora de mim, naquele tempo em que aquerditava nas maiores patacoadas e em quanta abusão havia. Agora, pode que aquilo não fosse um aviso ou um mau-agouro, pode que não: mas o que é certo é que, pouquinho despois, o capataz da tropa me veio anunciar que o Mané Borge' 'tava também de pouso naquele rancho, c'uma parceirama derramada e turbulenta: e dito Mané Borge' lhe contara que sempre tinha esperança de tomar a mulher de mim, por bem ou por mal, e dar o perdão p'ra ela, porque ela foi seduzida e era ûa mulher de qualidade. Você não se alembra disto, Pratinha? Há de se alembrar, porque eu lhe repeti tudo na mesma horinha...

Fiquei p'r o que desse e viesse, iroso e çolerado. Eu nunca não gostei que me bufassem no pé do ouvido, a vida inteira falei que antes queria o berro duma garrucha que a roncaria dum valentão. Veio-me ûa nervosia no mesmo sofragante, um fernesim, uma vontade louca de comprar um turumbamba. Você foi quem me assossegou, me ponhou água na fervura, dizendo palavras acertadas que inda não esqueci, como se, despois disso, você não me tivesse feito um mal danado na vida.

Tinha, essa noite, uns vinte e poucos tropeiros no rancho, entre patrões, capatazes e camaradas. As moças do fado, que moravam nos arredores, passavam e repassavam por uns e outros, refiando a rapaziada, fazendo injúrias de todo porte. E armou-se uma cirandinha, sem ninguém não esperar, como nûa mágica. O Mané Borge' 'tava duma banda, quieto, pitando seu cigarro e olhando p'r o seu lado: você nem dava fé, não se alembra, Pratinha?, porque eu lhe disse que havéra de ficar junto comigo, na roda, senão acontecia uma disgrama. E os camaradas do Mané Borge' entraram na roda, balanceando o corpo, intimando, arrastando os pés e fazendo autos de quem provoca os outros.

Eu fiz como coisa que não entendia a provocação dos tais camaradas. O capataz deles, que era um goiano mingoera, pingueleiro velho (segundo todos diziam), não tirava os olhos de riba de mim. Quando uma tal Pombinha, a morena mais perigosa dessas que andavam no fandango, puxou a fieira da cirandinha, o goiano me preguntou à queima-bucha, c'um modo muito natural: "É vancê que chama Timóteo?" E eu lhe arrespondi, também c'uma voz branda e macia: "Sou esse mesmo, um seu criado". E a voz da Pombinha, com ser de mulher, e fraca, venceu a minha e a dele:

> Ó ciranda, cirandinha,
> bamo' nós a cirandar:
> bamo' nós dar meia volta,
> volta e meia bamos dar.

Ajudei a cantar o final do verso, e arreparei bem que o goiano e os outros também cantavam firme:

> Bamo' dar mais uma volta,
> sapateia e troca o par.

E cada qual foi cantando seu verso. Inda me alembra que o meu premeiro foi este, inventado de cabeça:

> Monjolo, maceta o milho,
> do milho apronta fubá.
> Morena, se me quer mesmo,
> passe do córgo p'ra cá.

Os home's do Mané Borge' viravam os olhos p'r'o meu rumo e 'garravam a rir, até hoje não sei dereito por quê. Mas chegou hora em que tudo se atrapalhou, porque vi um deles dizer que o franqueiro era um pelintre alagado, que não escorava meio home', quanto mais cinco ou seis. Preguntei p'r'o dito goiano (vá-se alembrando bem disto, Pratinha!), preguntei p'r'o dito goiano se aquela cumbersa era comigo ou com quem. Ele ergueu uma ombreira, não disse nada, como quem não dá importância.

Foi aí que eu sube que me 'tavam mesmo fazendo pique e intentando queimar o meu sangue de vereda. Dei um brado no meio do rancho, disposto aos últimos pedaços: "Arvóre aí um peitudo que queira a Pratinha! O sacudido, que quiser tomar conta desta moça levante a cabeça! Bamo' ver! E arranquei da cinta a minha patrícia, aparelhada. Mas ninguém não abriu o bico, o tal goiano mexeu as cumbucas daí a pouco, o próprio Mané Borge' suverteu-se, e eu entrei outra vez com você na cirandinha, cantando cada verso que o povo adimirava.

Mas porém, afinal, o escuro da noite foi virando em cor de cinza, uma barra de ouro apareceu no fundo do céu, era o dia que vinha vindo. Mandei ajuntar e amilhar e raspar a tropa, encilhar os animais, tratei de fazer chão. Você principiou a negar o corpo, a pedir que a saída ficasse p'ra mais tarde, a dar, enfim, sinal e amostras de receio, porque o Mané Borge' e sua gente já iam adiante. Fiquei p'r'as pontas dos pés, de zangado! E no meio da fúria fui-lhe falando, veja bem se você se alembra: "Agora, antão, é que você 'tá com medo? A cangüira agarrou-lhe ansim no coiração, que você falta só chorar e 'tá bule-bulindo que nem ramo verde de rebentão quando ei' vem a ventania? Antão eu 'tou aqui pertico de você e não lhe valo de nada? Qual! isto o que mais parece é engano e manipólio que você e o seu marido me 'tão arranjando!"

E era, Pratinha, pois não era? Rompi suzinho aquele estradão no apontar do sol, c'uma grande réiva na alma, querendo achar o Mané Borge' ou alguém por ele no primeiro capão de mato, em qualquer beira de rio, mas nada! Soquei com força as chilenas no macho, fui chegar nos Olhos d'Água por volta das nove horas, indaguei do Mané Borge' e da tropa do tal, ninguém não me soube dizer coisa com coisa. Despois é que o meu capataz me deu notícia, quando me ascançou na virada do dia, que soube meio de carregação que você tinha feito as pazes c'o seu dono, de puro susto e tremendo p'r amór de mim.

Não aquerditei que você, p'r amór de mim, me largasse daquele feitio. Quem ama não teme a morte, é um verso velho e muito certo. Mas porém fui seguindo a minha viage', pensando comigo mesmo: eu dante' não tinha nada, era um pobrezinho de Deus; despois tive a Pratinha, fiquei munarca, senti-me rico e feliz (quantos anos que isto não faz, Pratinha!); agora não tenho nada, não tenho ninguém. Sou que nem o andante que vai caminhando suzinho, sem medo de sol nem de tempestade, porque, se dobrar o morro, não deixa p'ra trás mulher sofrendo, nem filho que cause lástima, nem pai, ou mãe que morra de tristeza. E faço como o andante que padeceu a quentura e o ardume dum sol desesperado, vê que vão abrindo no céu aqueles cobertores pretos e feios, que são as nuve's da tempestade, pega a exclamar feito quem desafia, por não ter nada mais que dizer nem pensar:

– Chove, chuva! Pode chover, que não molha um palmo de terra meu!

RESIGNADO

— Ansim que dobrei o morro e caí naquela meia chapada (o sol já 'tava esmorecendo, a sombra vinha resbalando p'r o morro abaixo), topei c'uma coisa à toa, uma coisa de nada, mas porém que me fez o coiração dar um balanço forte.

Ora o que não havéra de ser? Um passarinho, o pobre dum tietê, que parava entre as folhas duma embaúva e cantava suzinho a sua cantoria meia chiada, que em tal hora me pareceu muito triste. Reparei em roda de mim umas duzentas braças, não vi ninguém, ninguém: inté penso que, afora eu e a avinha, faz muito tempo que não hai quem tenha corage' de se aventurar p'r aqueles ermos.

Sentei numa pedra escura, que tinha limo esverdeado e feio, e peguei a 'maginar neste mundo de barafunda que tem sido a minha vida, de certos meses p'ra cá: alegria não me chegou nenhuma, tristeza não me tem fartado, trabalho tenho tido em desmasia... e arriba de tudo, p'ra me deixar nas toeiras duma vez, a lembrança daquela tirana, que não me larga um instante.

O tietê a mó' que troceu a língua, ou não sei o quê: ficou mudo de repente, virou a cabeça p'ra baixo, quaje que rodou da arv'e, e enrufou o corpo inteiro, de repente, como quem 'garrou a pensar amargurado e não tem ânimo de tirar mais o sentido daquele pensamento de tanta malinconia.

"Uiai! tietê cantador (foi o que me veio na mente, aí nessa hora), pois você também 'tá vendido desse feitio? você também tem seu rabicho? você também 'tá só e desamparado? Não seje bobo: se uma não quis ouvir a sua cantiga, hai outra, e hai outras ainda, a terra anda cheia de amor e tem que sobejar argum p'ra você, como p'ra tudo o resto dos que véve espalhados p'r esses centros de chão! Arvóre o vôo, enquanto a noite não fecha, campeie o seu fado, que o seu fado com certeza não é ficar aqui pinchado nessa folha, suzinho e Deus, ver eu que só tenho por mim a minha sombra, e isso mesmo mal e mal!"

Passou uma arage', não houve ramo que não bulisse. A embaúva estremeceu, de alto a baixo, e a coitada da avinha sumiu entremeio das folhas, quando as folhas se ajuntaram, despois alevantou a cabeça, empapuçou o pescoço e cantou outra vez uma temporada. A arage' foi-se embora, a noite veio chegando: e umas par' de estrelas já 'tava' mexe-mexendo no fundo craro do céu.

Estudei aquela avinha, enquanto o dia foi dia; vi bem que não saiu do canto onde 'teve cantando; achei que a parage' era soturna demais, não tinha uma risada de fonte que se esborrifa, nem a boniteza de uma flor que cheira no entrançado da cipoama: tirei de mim p'ra mim que o passarinho inda era mais desinfeliz do que eu.

Quem me queria não me quis mais, isso é verdade, andou-me armando a ingratidão mais negra que eu tenho visto; não piso num palmo de terra meu, isso é verdade; não encontro na minha estrada uma cara que sirra p'ra mim com amizade verdadeira, isso é verdade: mas porém, quando eu quero, enrolo os meus tilangues, vou fazer o meu empreito lá da outra banda do rio, lá da outra banda do morro, afundo no mato velho, derreto no sertão, fico morto p'ra quem fica e vivo só p'ra mim mesmo.

Agora a noite já tapou de tudo, a única luzinha que me alumeia é a craridade das estrelas e um pouco do branco do crescente; não me chegou alegria nenhuma, não me farta tristeza, 'tou como dante', ou quaje: mas 'o menos vou rompendo, vou seguindo, levo o meu coiração amargurado p'ra lavar noutros ares, e pode bem que os outros ares um dia me lave' dereito o meu coiração...

E o pobre do tietê? Ficou trancado porque quis e foi seu gosto, naquela folhage', naquela arv'e sem alegria, naquela chapada temerosa. Tem muita dor, e não abre; desesperou, e não foge; 'tá morre-não-morre, e não percura a vida. Se é certo que eu carrego comigo a minha malinconia, ela vai arejando e mudando de figura, p'r o sol e p'r a chuva, p'r o vento e p'r as tempestades: talvez inda vire narguma coisa bem deferente, de menos tristura e de mais consolo, arguma coisa ansim como uma sodade bem antiga, de bem longe, de muito bem.

Eu, antão, hei de sentir alívio de coiração, sussego de alma, felicidade... Felicidade, pode ser que não, mas contanto que o sussego e o alívio eu hei de ter, tão certo como sem dúvida: e um filho de Deus, que já viu o inferno de perto, como eu ando vendo, inda é tão ambicioneiro que queira mais? O mais é à toa, não vale muito p'ra quem já não espera nada – e sabe que esperar por arguma coisa é ter o desengano como fim de tudo...

AQUELA TARDE TURVA...

— Vancê não devéra de me preguntar por que é que eu não casei e moro aqui, triste e suzinho, neste recanto de terra: se a gente não matraqueia as coisas de sua vida, alguma rezão há de ter, p'ra ter um fecho na boca. E remexer no que passou muitas vezes é peior do que lidar com sangue ou com barro de enxorrada...

Quem arrepara em mim já vê logo que não sou nada moço: 'tou bem tordilho, dentro de poucos anos já hei de ser ruço pombo. Dum home', que vai beirando o fim de tudo, e chegou a desaprender como é que se guaia uma risada, e não tem nem quer ter companheira, não percure ninguém saber o que lá ficou p'ra trás, tão p'ra trás que inté parece lebrina escurecendo os ares, entremeio de dois morros. Abrir devassa do que houve, longe ansim na passage' do tempo, chega a ser falta de piadade.

Mas eu não tenho jeito de me esconder de vancê, que, desde os meus princípios, sempre foi a minha providência, neste recanto de terra. Um dia, muito mais tarde, vancê comigo mesmo há de alembrar que o João Sinhá, só p'ra não deixar sem re'posta uma pregunta sua, lhe contou a história mais horrive' que um home' pode contar p'ra outro.

Nhá mãe (vancê na certeza não se esqueceu da d. Sinhá Figueira, por via de quem me veio o apelido de João Sinhá), nhá mãe era viva e sã quando eu 'garrei a gostar de uma tal Vitória, moçona bonita e desenleiada, que assistia, mais o pai, lá p'r os lados do Ubucutupé. Ela já não tinha a mãe, eu não tinha mais meu pai, e essa falta das duas escoras quem sabe se não foi motivo de desgraça p'ra nós dois?

Quando vesprei os vinte e três anos, dei notícia p'ra nhá mãe do que havia e do que não havia, e acabei falando que 'tava decidido a casar c'a namorada. Nhá mãe custou um pouco a me arresponder; entristeceu; olhou p'ra todas as bandas, como quem 'tá com medo de ser escuitado: e, no cabo das contas, o que me falou não foi nada bom, não foi nada de agradar.

Nhá mãe me disse, por muito poucas palavras:
— Eu acho que você inda é criança demais p'ra cuidar desse negócio, João. E acho que esse negócio não é brinquedo de criança. Você não sabe nada do sangue da Vitória, e eu sei: a mãe

dela, que tinha por nome Bastiana, foi mulher do chifre furado e argolado, o que era visto por todos e corria na boca de todo o mundo. Tão levada da sapeca, tão desmiolada e tão vaivém, que acabou pegando o vulgo de Galinha Solta. Aqui p'r estes bairros e lá p'r a cidade, tem tanta moça boa, na proporção de você que nem luva: p'ra que fazer uma escolha tão desatinada?

Nhá mãe entreparou na conversa, 'maginou e cismou seu tantinho, deu o último nó do conselho:

— Um rapaz da sua qualidade tem dereito a sorte feliz: não queira pegar a sorte à força, que ela nega estribo. Você conhece bem aquele ditado: o que é de raça, caça. Eu tenho medo que um dia o tal ditado arremate em acontecimento. Pense noutra, filho!

Não pensei noutra, porque não podia, nem que quisesse. O que sim pensei foi isto e aquilo: que a gente antiga, quando empacava numa coisa, não aluía nunca mais; que hai muita fazenda, do caro e do barato, do craro e do escuro, em cada parteleira de armazém; que uma dona pode ser boa, e ter uma filha rúim, e viça-verso; que ninguém merece castigo, p'r a culpa da mãe ou do pai...

Agora eu vejo que o fado tem muita força, e era meu fado padecer. Nhá mãe morreu de repente, sem companhia de ninguém, certo dia que 'tava 'rancando mangarito, perto da cerca dos fundos. Quando cheguei da roça, e topei nhá mãe estendida no chão, de olhos abertos e linda como Nossa Senhora do Monte (Deus que me perdoe!), antes de chorar senti um bruto frio, por cima do coração. Decerto era algum aviso: mas p'ra quem anda louco ou perdido, apaixonado ou fora do entendimento, aviso não val' nada!

A casa, barreada e coberta de telha vã, que eu e nhá mãe tinha' feito quaje debaixo dum cauvi que ia embora p'r'as nuve', logo ficou meia tapera: o ânimo não me dava p'ra 'tar ali desacompanhado, horas e horas, mal comparando, ver cachorro sem dono. Hoje um pouco, amanhã mais, e despois mais ainda, fui-me apartando da morada, arranchei-me por fim c'um terno de lenhadores, na vizinhança dos Queirozes. Tratei da minha roça, enquanto pagou a pena, mas porém chegava lá p'r uma picada velha, que alimpei a poder de facão e foice: olhava o cauvi de longe, a passarinhada que revolvia os ares daquela boca de mato, e virava os olhos p'r'outro lado, porque de perto do cauvi não 'tava saindo o rolo fino de uma fumaça, que eu tanto tempo tinha visto.

Corria neste porte a minha vida, sem outros altos e outros baixos. A primeira arrumação, que havéra de dar, já se vê que era a do casamento. Home' de juízo, como eu queria ser, não trata disso a dois arrancos: pesa o ganho e o gasto, calcula o preço da saúde e o custo da doença (que tudo pode acontecer), e aí é que resolve duma vez o caso. De meu, a única coisa que eu tinha era a dita roça na Água Fria, onde por derradeiro plantei cana e mandioca: a mandioca pouco dava, e a cana, até chegar em pinga, dava nada. Além do mais, o chão não era meu, era póssea livre, e por ele não espichei dinheiro, nem coisa que com dinheiro fosse parecida.

A Vitória, cada dia mais amorosa, me dizia que esperava o tempo que eu quisesse; que pouco lhe importava casar já e já, ou daqui a muitos anos, des que pudesse ter sempre a certeza certa do meu amor; que sempre havéra de ser – e jurava contra sua alma – fiel e firme tal e qual o morro feito duma pedra só.

Foi p'r aí ansim que apareceu no bairro um serracimano de meia-idade, boa presença e melhor prosa, por nome Perciliano, querendo arranjar camaradage' p'r'uma fazenda que ia fabricar na Garça, p'r'adiante de Bauru. Fazia ventajas de entusiasmar: dava um sítio de graça, por cinco anos, p'ra quem derrubasse mato, fizesse chão e plantasse uns tantos mil pés de café; o sítio seria de quinze alqueires e, despois daquele prazo, ficava outros cinco anos a meia entre ele, Perciliano, e o empreiteiro; enquanto o café não 'tivesse formado, podia o dono do empreito fazer as plantas que quisesse, nas ruas do cafezal:

e o serracimano adiantava quinhentos mil réis p'r'as premeiras despesas.

As orelhas me tiniram, quando sube do que Perciliano andava contando e recontando: que aquilo por lá era um mundo novo, com tamanhas riquezas p'ra logo, que até parecia sonho; que o pé de café, com três anos, já era maior que um home' de altura regular; que cada espiga de milho crioulo pesava coisa de meio quilo; que a muganga crescia e encorpava a ponto de não caber nos braços de ûa mulher meã; que o jacutupé alastrava tanto, ia tão longe e dava tão grandes raízes que mais mostrava jeito de praga do que de planta boa.

Em menos duma somana fechei trato c'o fazendeiro: mandou-se notar um ajuste bem notado, com duas testemunhas, com selo e tudo, no cartório de um tabalião de Santos, aprontei a trouxa, peguei o trem. Antes de pegar o trem (eu perfiria ter esquecido tudo isto, ou ao menos este pedaço), antes de pegar o trem, fui despedir da Vitória: nenhum amor chorou tanto, debaixo do céu velho, na hora do apartamento, como o nosso amor chorou!

Vancê, que conhece a vida p'r o dereito e p'r o avesso, 'tá pesando e medindo o que eu lhe conto, e sabe como é deferente aquilo que o papel diz, daquilo que o chão amostra: uma coisa é a esperança de cobrir a terra de plantas ricas e logo se ver folgado, outra coisa é a brabeza do sertão. Levei somanas e meses dando cabeçadas p'r aqui e p'r ali, fazendo possíveis e impossíveis, deitando com desânimo e alevantando com corage', mostrando ser um cafumango do mar que não tem medo da serra. Quem de repente arrebentasse naquele fundão havéra de reconhecer p'ra quanto presta um caiçara, quando o caiçara tem o coração empenhado e é tórra como eu era.

Criminar Perciliano, falando que troceu no que tinha tratado, ou fez poetage' na gavação das terras, eu não posso: o tal serracimano me impontou numa lombada de espigão que era um paraíso. Na vestimenta daquele tirão, o que mais a gente via era figueira-branca, jangada-braba, palmito vermelho e ortiga das grandes. Água, tinha com fartura, e a divisa da geada ficava longe. Mas era perciso muito braço e muito machado, p'ra botar abaixo o despotismo de arv'es tão altas e corpulentas que parecia' querer varar o céu...

Não paga a pena esmiuçar o que me assucedeu e o que não me assucedeu, p'r esse meio de tempo: a sua mente, de home' de peso e viajado, já pôs uma trena em toda a história desse meio-tempo, e viu que a história, se eu repetir os acontecidos, passa vertentes e contra-vertentes, é muito comprida, não acaba mais. Corto os acontecidos, p'ra lhe dizer que, dois outubros despois do que eu daqui saí, já eu tinha talhão de café que era um brinco, paiol e bastante milho no paiol, arroz e feijão p'r'um ano, porcada de meia ceva. Já não devia quaje nada, o mundo 'tava uma beleza!

O que vou contar agora, vancê adimira mais do que tudo: eu, p'ra mandar minhas notícias, sem não pedir punho alheio, aprendi a ler e a escrever no ermo, noite por noite, c'um fulano Marconde', camarada que foi comigo e não quis voltar p'ra cá. Andava já p'r um ano da minha saída do Cubatão, quando peguei na pena e rabisquei a minha carta premeira p'r'a Vitória. A carta só levava arrepiques de alegria, porque a pobre coitada (ansim pensava eu) não era cumpre dos danos e da maueza com que o destino volta e meia me martirizava.

Um mês, dois meses despois (lembranças destas vão pouco a pouco resbalando do esp'rito, e acabam sumindo duma vez), me chegou uma carta cheirosa, de virar morro, em que a Vitória mandou soletrar que 'tava encantada com tudo o que ficou sabendo p'r a minha; que era a mesma de sempre, e seria a mesma a vida inteira; que a tristeza que tinha, só e só, era uma louca sodade de mim.

Trancemo' quatro cartas. Não houve tempo nem jeito p'ra mais. O que vou contar agora é o começo da minha aflição e do meu desespero: desde o meiado até o fim do terceiro ano, carta minha já não teve re'posta. Assustei em desmasiado, p'r amór de o selêncio, mas fulano Marconde', criatura de juízo e de peito doce, me assossegou dizendo que aquilo não havéra de ser nada; que talvez carta e carta se extraviasse no caminho, que talvez alguma carta chegasse quando menos se esperava: e que, se houvesse alguma coisa triste no Cubatão, já tinha batido a notícia na Garça, porque notícia rúim corre muito.

Assosseguei, é verdade, contanto que não pude mais viver alegre como outra hora. Minhas coisas tinham indireitado dia a dia: o rancho, que era de pau-a-pique, virou casa, pequetita sim, mas porém bem perparada e asseadinha; caçamba e mulas mestras p'ra carreio, já havia no sítio, livres e desembaraçadas; cavalo de sela, escorador e de linda marcha, eu já tinha, e era meu de tudo. P'ra encurtar rezões, até um libuno de flor, manso que nem carneiro e firme na guinilha mais macia que se possa imaginar, 'tava sendo tratado a todo o trato, p'ra quando a Vitória fosse a dona da casa e dona do dono da casa.

Inteirou meio ano sem carta do Cubatão. Chamei fulano Marconde', entreguei-lhe a governação do sítio, enquanto eu ia e voltava, amontei a cavalo e me despedi, por meia dúzia de somanas, do paraíso da Garça, que eu tinha posto na perfeição. Senti de repente um frio no suã: foi no instante que olhei o libuno da Vitória, e ele raspou o chão c'uma das mãos encurvadas, como limal estradeiro que 'tá querendo romper. Vancê não concorda comigo que aquilo era aviso? Aviso ou não aviso, tudo passou: o que me espanta é ainda eu 'tar vivendo, triste e suzinho, neste recanto de terra...

Aquela tarde turva, que cheguei no Cubatão, nunca mais há de fugir da minha lembrança. E é isso que me traz agoniado, a bem dizer, dia e noite, e é isso que me deixou, p'ra sempre, duma banda da vida. No rumo do Ubucutupé, tinha um lançol e tanto de cerração. No mangue, 'tava tudo quieto, com feitio de susto ou de medo. Do lado de cá da serra, o azul pouco faltava p'ra ser ferrete. Se o noroeste rondasse, era p'ra dar chuva grossa e tempestade.

Apeei do trem, com pressa, com ânsia, não topei conhecido nenhum na cercania da estação. Fui andando, fui andando, e só uns minutos despois é que alcancei um rapaz magro e embodocado, um rapaz que ia tocando quatro cabras de ubre cheio. Logo quatro, e a estas horas!, foi o que passou, por então, p'r a cabeça do pobre filho de meu pai. E abri conversa c'o moço, como aquele que não quer:

– Aqui se usa leite de cabra na boca da noite?

Ele me olhou de revés, espantado da pregunta, e me arrespondeu com quatro pedras na mão:

— Aqui e em toda a parte: só não sabe quem não regula certo!

Eu ri com certa cotela, com temor que ele não quisesse mais prosa. E peguemo' a nos entender muito bem:

— Mecê me desculpe, mas eu pregunto por preguntar, porque 'tou chegando de longe e campeando maneiras de saber notícias de gente conhecida. Mecê conhece o Alv'o Rodrigue'? Ele inda asséste p'r aqui? Vai indo?

— Esse pitou, faz obra de um ano. Suncê, que quer saber se ele vai indo, é porque sabia, na certeza, que ele ia indo mesmo. Pois foi-se, coitado! Não houve remédio que pudesse consertar aquele motor tão estragado! Era bom home'!

— E o Gustavo Rosa?

— O Gustavo Rosa teve aqui um arranca-rabo c'o sobdelegado, vivia de rusga aberta c'a polícia, não podia abrir a boca sem provocar a réiva e a birra do manda, teve de se mudar. Vejo dizer que reséde agora no município de Mogi das Cruzes.

Suspendi a conversa, p'r uma batedeira de coração que me atropelou neste em meio: eu 'tava na dependura de preguntar ou não pela Vitória. Acabei preguntando, premeiro, pelo pai:

— Seo Maneco Ribeiro inda 'tá no Ubucutupé, e com saúde?

— Inda 'tá naquele purgatório. Sabe Deus como véve!

— E a filha de seo Maneco, ûa moça chamada Vitória?

O rapaz piscou um olho, falou de jeito lacaio:
— Essa pega pinto...

Meus cabelos cresceram na cabeça, atordoei como quem perdeu o regimento das pernas, afrouxou nas curvas e vai cair. Agardeci, do melhor modo que pude – e na certeza foi dos piores – aquele moço das cabras, deixei que o moço ganhasse dianteira, sentei num marco de pedra. 'maginei que a Vitória podia 'tar sofrendo algum levante de calúnia, que hai muito demônio esparramado no mundo, sem ninguém não saber. E apinchei-me p'ra diante, querendo achar um conhecido em quem tivesse fiúza, alguém que me falasse linguage' que eu pudesse aquerditar.

O alguém, que vi logo em seguida, no porto mais picado do caminho, foi seo Frederico, ituano de toda a minha estima e consideração. Despois que salvei o povo da casa e afastei p'r'um canto, conversando em voz maneira com seo Frederico, logo arreparei que seo Frederico 'tava meio vendido e quaje-quaje desertando da conversa. Como ele sabia das minhas intenções e o porquê de eu ter ganhado o rumo do sertão grosso, preguntei-lhe de pancada:

— E a Vitória, seo Frederico?

Ele botou uma das mãos no meu ombro dereito, granou os olhos nos meus olhos, não disse coisa com coisa: fez tal e qual o outro, que 'tá cuidando dum doente perigoso e quer engambelar o doente, custe aquilo que custar. Vancê recorda que sempre fui despachado e inimigo de meias palavras; teimei na pregunta, seo Frederico viu que era perciso dizer tudo:

– A Vitória saiu p'r'o largo. Quem fez o desencaminho foi o Candão, caboco treteiro que andou p'r aqui uns tempos, intimando que ia alugar terrenos e encher de bananais estas parage', de ponta a ponta, e um belo dia socou os pés na rapariga, porque desapareceu em branca nuve', sem falar carne nem peixe. A rapariga fez prantina, esmagreceu e amarelou, mas despois achou consolo num feitor de linha, despois andou de mão em mão, e agora, pobre coitada!, 'tá no fundo duma cama, aí adiante, batendo maleita feia, naquela casa que foi do Migué. Diz que pende mais p'r'o lado de lá que p'r'o de cá.

Saí feito um demente, da morada de seo Frederico. Entreparei um pedaço, afastado já bastante, e peguei a pensar no quanto pode ûa mulher ser ingrata e ordenária, quando dá de ser ingrata. Aquela desgraçada tinha tido intão a corage' de me ser falsa, falsa p'ra mim que tinha feito por ela os possíveis e os impossíveis? Aquela desgraçada pôde intão esquecer os juramentos que jurou contra sua própria alma? E não havéra de ter punição? E havéra ainda de espalhar p'r o mundo afora mais ingratidão, mais falsidade e mais perjuro? Mulher ansim é p'ra morrer na ponta dum aço!

Apalpei, na cinta, a faca de palmo que nunca me largava. Peguei na cabo de osso, puxei um gêmeo do cabo, senti na mão tremida o frio e a dureza do aço: e pouco a pouco, até hoje não sei como, percebi que o meu coração endureceu e a mão esfriou no mesmo baque.

Fui andando, fui andando. Perto da casa que tinha sido do Migué, vi um automove' parado. Ûa dona, que passou rente c'a valeta da outra banda, me explicou, em voz que parecia gritada, como se eu quisesse saber alguma coisa:

– A mó' que a Vitória não escapa mesmo. O doutor do governo, que vem todo dia ver a doentarada do bairro, disse que aquela maleita chegou muito misturada, que o coração da Vitória 'tá negando serviço, que é perciso ir sustentando a doente com chá de canela e café forte, quando ela desanimar. Agora ela 'tá padecendo, numa tremedeira louca.

Entrei na casa, quando o doutor do governo ia saindo. Ele também me disse, como se eu quisesse saber alguma coisa:

– Esta mulher não pode agüentar barulho nem ter abalo nenhum. Qualquer susto, qualquer zanga pode liquidar tudo de repente. O coração não val' um nicle!

O que eu tinha na mente não era piadade, não era pena, era ódio puro. P'ra haver justiça, a Vitória tinha que afundar nos sete palmos do chão: de morte matada, se a maleita não fizesse o serviço, mas tinha que afundar.

As mulheres, que arrodeavam a cama, recuaram devagarzinho, no auto de me ver ali dentro. Percebi então que as cobertas da cama 'tava' mexendo, que nem folhage' de arvoredo no temporal: a batedeira não podia ser mais forte. Já tinham acendido uma lamparina, mas porém c'a luz meio vedada por pano pardo, porque o doutor do governo mandou que não crareassem demais o quarto. P'r amór de a pouca luz, não enxerguei logo a cara inteira da Vitória, que 'tava, naquele minuto, virada p'r'a parede: vi a cabeça e a testa, e que da testa escorria suor em pingos muito redondos.

Não tive pena, e lhe confesso que também não tive piadade: ódio, sim, ódio só! Cuidei, então, que ela inda podia sarar, e me senti gelado de repente. Na minha sentença, ela não tinha mais escapúla, fosse p'r'onde fosse. E ansim liberei que lhe havéra de dar a hora derradeira, se visse que ela voltava em si com jeito de quem não faz a despedida.

Encostei no pé do catre, pensando bem no fundo da minha alma:

– Será que Deus Nosso Senhor não leva esta criatura? Será que eu tenho mesmo de campear, c'a finura da minha faca, o rumo daquele coração traiçoeiro? Será que Deus Nosso Senhor não tem pena de mim?

Intão as cobertas da cama pararam de bulir. A Vitória suspirou, demorado, pôs-se de costas e me viu ali perto. Viu e escancarou os olhos. Escancarou os olhos e me falou c'a voz apagada:

— Você veio, meu bem? O coração 'tava-me adivinhando que você vinha, p'ra eu inda ter perdão e felicidade, nesta vida que estrangolei.

Ela me estendeu a mão; por um triz não lhe neguei a minha, que andava muito cascuda, de tanto machado e tanta enxada que maneei na Garça. Estendi a minha mão, a dela resbalou da minha e lhe caiu junto do corpo. Agora, o suor não descia só da testa, brotava de todo o rosto e chegava a romper daquela mão. Estremeceu de repente, como se fosse de medo. Eu 'tava suzinho na veira do catre; apalpei outra vez a bainha, puxei outra vez o cabo de osso, outra vez senti, na cinta, o frio e a dureza da faca de palmo...

... Mas Deus Nosso Senhor teve pena de mim!

VOCABULÁRIO

As palavras que não estiverem registradas neste vocabulário já se encontram nas seguintes obras: *Os caboclos, Nas serras e nas furnas* e *Mixuangos*, do autor; *Vocabulário sul-rio-grandense*, de Romaguera Corrêa; *Dicionário de vocábulos brasileiros*, de Baurepaire Rohan; *Dicionário da língua portuguesa*, de Caldas Aulete; *Novo dicionário da língua portuguesa*, de Candido Figueiredo; *Novo dicionário nacional*, de Carlos Teschauer; *O dialeto caipira*, de Amadeu Amaral; *Novo dicionário popular da língua portuguesa*, de José Oiticica; *Grande e novíssimo dicionário da língua portuguesa*, de Laudelino Freire.

A

aberta, s. f. – Azo, ocasião, oportunidade.
abrir, v. intr. – Sair, afastar-se do lugar; mover-se.
abrir o pala – Fugir, desaparecer. Também é muito usado o verbo, na forma intr.

acachapar-se, v. refl. – Acaçapar-se.
acochar, v. tr. – Apertar. *Trabalho acochado*: muito grande, ou muito penoso.
açucre (comer) – Ter contato carnal.
adiante, s. m. – Adiantamento.
advogado das abobras – Capanga, guarda-costas.
agora!, interj. – Então? Que mais?
alagado, adj. – Em sentido figurado: perdido, inutilizado, sem préstimo algum.
alatomia, s. f. – Canto ou barulho descompassado de pássaros, de animais; grazinada; matinada.
alecrim, s. m. – Grande árvore de mata virgem, madeira de lei. A bengala que da mesma se faz.
alevantar, v. intr. – Levantar-se.
alicates (triste dos) – Distorcido, disposto, animoso, valente.
alma – *Trepar na alma de alguém*: maltratá-lo moralmente, por injúrias e palavras más.
altura (dar *ou* ter) – Ter jeito, fundamento ou modos.
amargoso, adj. – Zangado; valente; bravo.
amoitar, v. intr. – Amoitar-se; ocultar-se; esconder-se.
andemo – Andamos.
ansim – Assim (é menos usual a forma regular).
anum, adj. – Nu.
aparte, s. m. – Apartamento, separação. Lugar solitário ou abandonado.

apendoar, v. intr. – Formar espiga, ou pendão (o arroz, o milho etc.).
apinchar, v. tr. – Atirar, lançar, jogar. V. refl. – Atirar-se, jogar-se.
apôs de – Em procura de, à busca de.
apreciar, v. tr. – Gostar de.
aprovar, v. intr. – Provar.
aprumar, v. intr. – Levar rumo.
aquerditar, v. intr. – Acreditar (pouco usada a forma comum).
arar, v. intr. – Forcejar por, esforçar-se por.
arear, v. tr. – Limpar com todo o cuidado, assear minuciosamente.
arengada, s. f. – Fala comprida e, em geral, sem nexo.
ariribá, s. m. – Grande árvore de mata virgem, madeira de lei.
arranca-rabo, s. m. – Discussão, briga.
arranchar, v. intr. – Arranchar-se, morar.
arranjado, adj. – Abastado de bens; remediado.
arrebentar, v. – Aparecer inesperadamente.
arrematar, v. – Rematar, desfechar em.
artigo (neste) – Neste momento.
arvorar, v. tr. e intr. – Levantar; levantar-se.
arvoriçar, v. intr. – Alvoroçar-se.
arvoroçar, v. – Alvoroçar, alvoroçar-se. Também, e mais freqüentemente, *esvoriçar*.
assentada, s. f. – Galope curto.
asséste, por **assiste**, 3ª. pes. do pres. do ind., no sing. – Está presente; reside, ou mora.

assistir, v. intr. – Morar, residir.
atalaia (de) – De sobreaviso, de prevenção.
atiçar, v. – Animar, com gestos ou vozes.
atorar, v. – Ir-se embora, seguir a rumo certo. Também *torar*.
auto, s. m. – Ato, feito, acontecimento. *Estar pelos autos*: estar de acordo.
avariado, adj. – Espeloteado, amalucado.
avinha, s. f. – Avezinha.
azangar, v. intr. – Zangar-se, irritar-se. Deteriorar-se.
azaranzado, adj. – Atordoado, atrapalhado, zonzo.
azeite, s. m. – Namoro.

B

bacázio, s. m. – Baque, pancada forte.
balancear, v. intr. – Vacilar, hesitar em alguma coisa.
baldear, v. tr. – Levar alguém, ou alguma coisa de um lugar para outro.
bambear, v. – Deixar ou fazer bambo, fazer desanimar.
bamburral, s. m. – Vassoural, capuava.
bancar, v. – Fazer de, representar.
bandeira, adj. – Animal cuja cauda é coberta de pêlos compridos.
bandoleiro, A, adj. – Leve, leviano. Diz-se, principalmente, das canoas e barcos feitos de madeira de pouco peso, que são difíceis de bem dirigir.

baque, s. m. – Momento, instante. *Num baque*: de repente.

barbaridade, s. f. – Coisa rara; coisa nunca vista.

basear, v. intr. – Ter boa base, ou fundamento; ser de boa qualidade.

bater, v. tr. – Percorrer caminhos, ruas ou aguadas. *Bater maleita*: estar atacado da mesma.

batucar, v. – Bater repetidas vezes.

beleza, s. f. – Cacho de cabelos pendente sobre a testa, o mesmo que *pega-caboclo*.

bença, s. f. – Bênção.

beiço (estar de) – Achar-se enamorado.

biju, s. m. – Farinha de mandioca preparada de certo modo.

bijuva, s. f. – Árvore frutífera; o fruto é comestível e apreciado, até em refrescos.

bobó, adj. – Fraco de espírito.

bonecra, s. f. – Boneca. Espiga de milho, de arroz, de fartura. Torcida, pavio de candeia.

borraiara, s. f. – Ave de mata e capoeira, muito barulhenta.

bragabundo, s. m. – Vagabundo.

bruto, adj. – Grande, forte, decidido.

bufar, v. intr. – Encolerizar-se; roncar valentia.

C

cabreiro, adj. – Muito dado a mulheres.

cachaça, s. f. – Inclinação. *Ter cachaça por alguma coisa*: gostar dela.

cachoeira, s. f. – Na zona do litoral paulista, significa o rio de água doce; o de água salgada, o braço de mar, tem sempre o nome de *rio*.
caçoísta, adj. – Zombeteiro.
cacunda (fazer) – Dar ajuda ou proteção.
cacundeiro, s. m. – Capanga.
cadós, s. m. – Homem de más qualidades e sem crédito.
cafanhoto, s. m. – Gafanhoto.
café com duas mãos – Com mistura, isto é, com pão e manteiga, biscoitos ou bolos.
cafumango, s. m. – Caipira, mucufo, mixuango, tapiocano.
caiçara, s. m. – Caipira do litoral.
caixeta, s. f. – Árvore silvestre que, por ser muito resistente à ação da água, se aproveita em moirões nos lugares úmidos.
cama, s. f. – Lugar em que está parada, ou amoitada a caça.
cambucu, s. m. – Peixe de água salgada, muito saboroso. Também lhe chamam *pescada-amarela*.
canela, s. m. – Ciúme.
canoage', s. f. – Prática em lidar com canoas e demais embarcações.
capangage', s. f. – Reunião, conjunto de capangas.
capela, s. f. – Pequena povoação.
capororoca, s. f. – Árvore de capoeira, sem préstimo para obras de carpintagem.

carcar, v. tr. – Acalcar. *Carcar fogo*: atirar.

carga – Bater carga: chegar com ela ao lugar de destino.

carreador, s. m. – Caminho aberto provisoriamente, em mato ou capoeira.

casa da pouca farinha – A cadeia.

cascos – Virar os cascos: embriagar-se por completo.

cauvi, s. m. – Árvore corpulenta, de mata virgem.

cavocar, v. tr. – Abrir cova, fosso, ou valo. Esforçar-se muito por alguma coisa.

caxicaém, s. m. – Árvore grande de mata virgem.

cedro-mimoso, s. m. – O mesmo que *guapiruvu*.

cesura, s. f. – Ferimento de pequena extensão, como o de um punhal ou da picada de uma cobra.

chamar, v. intr. – Chamar-se. V. tr. – *Chamar a divisa na fazenda*: provocar a divisão judicial da mesma.

chambuá, adj. – Achamboado, mal arranjado. Bento.

chão – Estar no seu chão: continuar naquilo a que está afeito, não sair do costume.

chegar, v. – Bastar.

chispa (numa) – De repente, num instante.

chujo, adj. e s. m. – Sujo. Lugar, na mata, em que a vegetação é mais espessa.

chupar, v. intr. – Tomar bebida alcoólica.

chuveiro, s. m. – Grande quantidade de coisas ou pessoas reunidas.
ciciáca, s. f. – Corruptela de *Egipcíaca*.
cinza – *Botar cinza em*: levar vantagem; vencer.
cipoama, s. f. – Cipoal, cipoada, grande quantidade de cipós juntos.
cipó-cambira, s. m. – Espécie de cipó que cresce em mata virgem.
cirnir, v. – Remexer, andar sem descanso. Diz-se principalmente das crianças.
cobra – Sonhar com cobra, segundo a superstição caipira, é aviso de gravidez.
cobrudo, adj. – Que tem, ou carrega muito dinheiro.
cócha – Perder a cócha: ficar vexado, encalistrado.
cola (na) – Junto ou perto de.
colada, s. f. – O ato de ir o cachorro junto ou muito perto da caça perseguida.
colar, v. tr. – Correr o cachorro muito perto ou junto da caça.
colega, s. m. – Companheiro, amigo.
comédia (mulher da) – Mulher da vida, do fandango, do pala aberto.
conta – Era forte a conta inteira: muito forte.
conta (foi a) – Chegou-se ao extremo, deu-se o maior golpe.
coque, s. m. – Penteado feminino, que consiste em reunir os cabelos num só todo, ao alto da cabeça ou na nuca.

coresma, s. f. – Quaresma.

corêto, s. m. – Canção em louvor de alguém, tirada em geral por uma pessoa e acompanhada, no estribilho, por várias.

corrimaça, s. f. – Qualquer coisa que passa ligeiramente, ou depressa.

cortado – Trazer a alguém num cortado: em apuros, ou em dificuldades.

costados (dos sete) – Atirado, conquistador, dado a namoros. Valente.

costear, v. tr. – Dar um castigo, infligir alguma pena moral a alguém.

costela, s. f. – Esposa.

cotejo, s. m. – Ligação amorosa, conjunção carnal.

cotela, s. f. – Cautela.

créito, s. m. – Crédito.

croá, s. m. – Planta rasteira, que dá um fruto cheiroso.

cujo, adj. e s. m. – Referido.

cumbersa, s. f. – Conversa. É usado quase que só no vale do Paranapanema.

cumbuca, s. f. – Vasilha feita da abóbora amarga ou cuieira. *Mexer as cumbucas*: ir-se embora; fugir.

cumpre, s. – Cúmplice.

curimbamba, s. m. – Curandeiro.

curuanha, s. f. – Árvore de mata virgem.

D

danar, v. intr. – Indignar-se, enfurecer-se.

debater, v. intr. – Debater-se.
deitar, v. intr. – Deitar-se.
deixar de – Deixar.
deleriado, adj. – Perturbado, meio tonto.
dentaria, s. f. – A totalidade dos dentes. Grande quantidade de dentes.
dependura (na) – Hesitante, em dúvida.
descascado, adj. – Claro, de tez alva. Mais vulgarmente: *descascadinho*.
desguaritar, v. intr. – Sair do rumo, desnortear-se, desertar.
despedir, v. intr. – Despedir-se.
despotismo, s. m. – Despropósito; feito insensato. Grande quantidade de alguma coisa.
disgrama, s. f. – Desgraça.
ditado, s. m. – Máxima, provérbio.
dito cujo – Já referido.
divulgar, v. tr. – Distinguir, perceber, divisar. Reconhecer, estremar.
dobrar, v. – Cantar gorgeando.
dobremo' – Dobramos.
do chifre furado e argolado – Diz-se do boi carreiro, alongador ou fugidiço, que, por uma tira de couro ou de pano, fica preso a boi manso e de boa índole. Por ext.: mulher que procede mal e causa escândalo.
doente – Ser doente por alguma coisa: gostar muito da mesma.
doentarada, s. f. – Grande quantidade de doentes.

dois-de-paus, s. m. – Pessoa sem préstimo, sem consideração.
do pé p'ra mão – De repente, instantaneamente.
drumideira, s. f. – Sonolência.
drumir, v. intr. – Dormir.

E

é!, interj. – De admiração; às vezes, de repreensão.
egigência, s. f. – Exigência.
egualar, v. intr. – Ter já o animal todos os dentes, chegar a crescimento pleno.
eito, s. m. – Serviço marcado, tarefa. Espaço de tempo.
ei' vem – Aí vem; eis que vem.
ejagero, s. m. – Exagero.
ejigir, v. tr. – Exigir.
em, prep. – A. É freqüente, quase único, o uso de uma forma por outra: *ir na chacra*, em vez de *ir à chácara*; *cheguei na cidade*, em lugar de *cheguei à cidade*; *daqui no costão tem umas dez milhas*, por *daqui ao costão há umas dez milhas*.
embarrancar, v. intr. – Firmar-se alguém nalgum lugar.
embodocado, adj. – Curvo.
embonecrado, adj. – Ridiculamente enfeitado.
emburulho, s. m. – Embrulho.
empacar, v. – Fazer finca-pé.

empinhocar, v. – Juntar muito unida, ou estreitamente.

encontrar, v. intr. – Encontrar-se. Encontrar-se com.

enfezado, adj. – Contrariado, aborrecido.

enfezar, v. tr. – Enfurecer, contrariar, aborrecer.

enfrenar, v. intr. – Tomar freio, agüentar freio. Diz-se do animal, cavalar ou muar, que quase já se amansou por completo.

engambelar, v. – Distrair, iludir, embrulhar.

enrabichar, v. intr. – Apaixonar-se; gostar muito de alguém ou de alguma coisa. Usado, também, na forma refl.

entabuar, v. intr. – Ajuntar-se, unir-se estreitamente.

entrevia (na) – Fora do tráfego, sem trabalho ou sem ocupação.

escapúla, s. f. – Fugida, salvação.

escorar, v. tr. – Agüentar ou suportar excessivo trabalho ou indisposição.

escroçador, s. m. – Escoroçadouro, simples aparelho de madeira, por onde corre a corda que traz o balde com água, nas cisternas.

escuita (de) – À escuta.

esfrega, s. f. – Grande trabalho. Surra, pancada.

esparramar, v. tr. – Espalhar; abrir.

especular, v. – Indagar, inquirir.

espigão-mestre, s. m. – O mais alto dos que se vêem numa serra.

esporudo, adj. – Que tem esporas desenvolvidas (aplica-se às aves já velhas).

espótico, adj. – Encolerizado, irado.

esquentar, v. – Aquecer, esquentar-se.

esquipado, adj. – Muito veloz (diz-se do passo das cavalgaduras e do vôo de certas aves).

estabanado, adj. – Estouvado, de gestos violentos.

estâmo, s. m. – Estômago. *Encostar o estômago*: fazer qualquer refeição ligeira.

estaquear, v. intr. – Estacar, parar.

estradeiro, adj. – Afeito a viajar pelas estradas. Animal forte de montaria, cujo trote ou marcha rende muito.

estrangolado, adj. – De formas defeituosas. Mal vestido, mal arranjado. Por ext.: de mau procedimento.

estripolia, s. f. – Barulho, matinada, desordem.

est'ro dia – No outro dia; há dias.

estrovar, v. tr. – Estorvar.

estrupício, s. m. – Estorvo, atrapalhação.

estudar, v. tr. – Observar, reparar em. V. intr. – Cismar, banzar, devanear.

estúcia, s. f. – Astúcia, com a significação de maquinismo, instrumento ou utensílio complicado.

estúrdio, A, adj. – Extravagante, fora do comum.

esvoriçar, v. intr. – Alvoroçar-se. Usado também na forma refl.

esgotar, v. intr. – Rolar ou derivar a água para algum ponto.
esquisito, adj. – Extravagante; fora de propósito.

F

facho (moça, mulher do) – Biráia, mulher da vida.
fácia, s. f. – Face.
fandango, s. m. – Dança do povo, muito conhecida. *Andar no fandango*: ter vida desonesta.
fanguista, adj. – Divertido, dado a festas e funções.
farinha (tirar) – Aborrecer, contrariar, provocar.
fazer fé em – Ter confiança.
fazer pela vida – Trabalhar.
fé (dar) – Prestar atenção. Verificar.
feito, conj. – Como, ver, tal qual, que nem.
ficha, s. f. – Dinheiro.
fintar, v. tr. – Calotear.
fiúza, s. – Fidúcia, confiança.
fogo (botar) – Atirar.
foi – Foi sair do ninho, e percurar a aguada: logo que saiu do ninho, procurou a aguada.
folgar, v. – Dançar e cantar nos pagodes.
fomento, adj. – Esfomeado.
francana, s. f. – V. *Franqueira*.
franqueira, s. f. – Faca ou punhal, que se fabricava na cidade de Franca, muitas vezes com aparelhamento de prata.

franqueiro, adj. – Natural ou provindo de Franca, cidade paulista; francano.
frontaria, s. m. – Frente, testada.
fronteemo' – Fronteamos.
fumegado (cigarro) – O que apenas se acendeu por uma banda.
fumo' – Fomos.
fundangão, s. m. – Fundo escuro e pouco acessível.
furo, s. m. – Ocasião; jeito.
fusquinha, s. f. – Gesto ou palavra de irritar ou provocar.

G

galheiro, s. m. – Companheiro, tafulo, canharano, amante.
galho, s. m. – Afluente de rio.
galinhame, s. m. – Grande quantidade de galinhas reunidas.
gangorrear, v. – Brincar em gangorra. Fig. – Vacilar, hesitar.
garoa, adj. – Forte; valente; zangado, irado.
garrar, v. tr. – Começar, principiar. Alcançar. Também agarrar.
gás (perder o) – Desanimar, perder o entusiasmo, envergonhar-se.
gateado, adj. – Cor de animal cavalar ou muar, tirante a amarelo.
gasolina, s. f. – Embarcação movida por essência.

gêmeo, s. m. – Medida correspondente ao polegar e ao indicador abertos.

gentaria, s. f. – Multidão.

gereba, s. f. – Mulher da vida.

gibeira, s. f. – Algibeira, bolsa.

gorucaia, s. f. – Árvore alta e copada, de mato virgem.

governo (doutor do) – Médico oficial, inspetor sanitário.

graça, s. m. – Nome individual.

granar os olhos – Fitá-los em alguém, ou nalguma coisa.

grovata, s. f. – Gravata.

guacá, s. m. – Árvore frutífera; não tem grande vulto e abunda no litoral de São Paulo; uma espécie que aí se encontra com fartura tem o nome de *guacá-guaçu*.

guaiuvira, s. f. – Grande árvore de mata virgem, de cuja madeira se fabricam violas. A própria viola.

guanhã, s. m. – Grande extensão de terra.

guanhir, v. intr. – Ganir; latir fino e repetidamente.

guapiruvu, s. m. – Árvore de grande porte, cuja madeira se presta à feitura de canoas e pequenas peças de construção. Também *guapuruvu* e *cedro-mimoso*.

guarandi, s. m. – Madeira de lei, uma das poucas, senão a única, do mangue.

guarapuava, adj. – Animal cavalar de grande porte.
guaricica, s. f. – Árvore de pouco vulto, muito freqüente na zona do litoral paulista.
guasqueiro, adj. – Raro, vasqueiro, arisco.
guaturama, s. m. – Gaturamo, ave canora. No interior, é aquela a pron. mais corrente.
guiné, s. f. – Espécie de cipó medicinal.

H

habituação, s. f. – Habitação, casa, morada.
historiada, s. f. – Fato acompanhado das minudências.
histórias, s. f. pl. – Enfeites, adornos. Divagações.

I

iguala, s. f. – Igualha.
impontar, v. – Colocar, assentar nalgum ponto ou paragem.
inducar, v. tr. – Educar.
infernizar, v. tr. – Infernar, atormentar, torturar.
ingre, adj. – Íngreme.
inguiçar, v. tr. – Animar, estumar, atiçar.
injúria, s. f. – Em sentido figurado, ato ou palavra de sedução.
inorar, v. intr. – Reparar em, estranhar. Também *inhorar*.
inquijilar, v. tr. – Quizilar, aborrecer, contrariar.
inséste – Insiste.
inté – Até (a forma regular é menos usada).

intendência (nessa) – Nesse momento, nesse instante.
intimar, v. intr. – Querer dar na vista, alardear merecimento ou riqueza, ostentar objetos caros.
intimidar, v. intr. – Intimidar-se.
intreverar-se, v. refl. – Misturar-se, intrometer-se.
inzonar, v. intr. – Demorar, retardar.
ira, adj. – Pequeno, miúdo; de baixa estatura.
irra, s. – Espécie de pica-pau.
isto (um) – A menor quantidade (costumam, para dá-la a entender, juntar a unha do polegar à do indicador).

J

jacucaca, s. m. – Ave silvestre de que há várias espécies.
jacutupé, s. m. – Planta dos terrenos novos, cuja raiz, similhante à do cará, é comestível e muito apreciada.
jajá, adj. – Desatinado; fora de si; pasmado.
jarera, s. f. – A comida que fica grudada ao fundo da panela.
jure, s. m. – Juro. *Estar com o juízo a jure*, ou *a juro*: andar distraído, preocupado.
jurema, s. f. – Tarefa ou trabalho de muito custo ou esforço.
justiça, s. f. – O conjunto das pessoas e autoridades que conhecem de matéria crime: promotor público, delegado e subdelegado de polícia, juízes.

L

lacaio, adj. – Brejeiro.
lacear, v. intr. – Apertar, aumentar laços.
lado, s. m. – Jeito, ocasião, oportunidade.
lambança, s. f. – Confiança, atrevimento. É, às mais das vezes, vocábulo de significação ampla e incerta: *não quero saber de lambanças* é o mesmo que *não quero saber de histórias*; *deixe de lambanças comigo* vale tanto como *não me aborreça*.
lance, s. m. – O lançar da rede de pesca.
lapuz, adj. – Mal vestido.
lebrina, s. f. – Neblina.
lembrar, v. intr. – Lembrar-se.
lente, s. e adj. – A pessoa que sabe ler.
leréia, s. f. – Léria, história complicada ou enrolada; divertimento; simulação.
levantar, v. intr. – Levantar-se.
lhe, pron. – O, a.
liberar, v. tr. – Deliberar, resolver.
libuno, adj. – Lobuno, cor de animal cavalar.
limal, s. m. – Animal.
linha (na) – Em boa ordem.
listra, s. f. – Lista, rol.
livração, s. f. – Absolvição em processo crime; libertação.
lobisomar, v. intr. – Vagar, andar de um lado para outro.
lonca, s. m. – Tira de couro, que se costuma extrair, por ser ele mais rijo e resistente, do pescoço dos animais.

lumiar, v. tr. – Alumiar.
lusque-fusque, s. m. – Lusco-fusco, antemanhã ou fechar de tarde.

M

madrugada (pagar com uma) – Passar calote, fintar.
maiormente, adv. – Mormente.
mampar, v. tr. e intr. – Comer.
manear, v. – Manejar. Atirar.
manguara, s. m. – Bengala comprida, cacete. Como s. ou adj., significa também o indivíduo de estatura elevada e magro.
manguarão s. e adj. – Aumentativo de *manguara*.
maneiro, adj. – Leve, delicado, de pouco tamanho.
manipólio, s. m. – Trama, traição.
manjuva, s. m. – Comida. Também *manjuba*.
mansico, adj. – Mansinho.
mariquinha, s. f. – Mentira. Mexerico.
marisqueiro, adj. – Arisco, passarinheiro (diz-se do animal de montaria).
marralheiro, adj. – Astucioso; sagaz.
matada (de morte) – Assassinado.
matado, adj. – Fraco. Sem graça ou sem gosto.
mata-fome, s. m. – Variedade de mandioca. Arbusto de capoeira, que dá um fruto comestível.
matraquear, v. – Contar novidades, propalar boatos.

maueza, s. f. – Maldade.

mel coado – Por qualquer dez réis de mel coado: por motivo fútil, por baixo preço.

melúria, s. f. – Doçura, suavidade no modo de tratar os outros.

mente, s. f. – Idéia; resolução.

merejar, v. intr. – Marejar-se, molhar-se de lágrimas.

mesmo, adv. – Exatamente.

meter os pés em – Abandonar, largar alguém ou alguma coisa.

mexe-mexe, s. m. – Movimento contínuo, andar sem parada. Adj. – Saracutinga, fogueto, treme-treme, sem modos.

mexer, v. intr. – Andar. Viajar.

minduim-brabo, s. m. – Árvore de mata virgem, sem préstimo em construção.

mingoera, adj. – Miúdo, de pequena estatura.

minhã, s. f. – Manhã.

mirim, adj. 2 gên. – Pequeno, sem importância.

mixoieira, s. f. – Misturada, coisa confusa ou difícil.

moita!, interj. – Indica silêncio.

monjoleiro, s. m. – Pequena árvore espinhenta, que cresce nas várzeas e nos valados; utiliza-se como cerca viva.

montoeira, s. f. – Grande quantidade de coisas juntas.

morrão, s. m. – Cachaça. É nome provindo de um sítio chamado Morrão, no município de

Santos, onde se fabricava, e decerto ainda se fabrica, excelente caninha.

morrudo, adj. – Muito grande, avultado.
muciço, adj. – Maciço.
mucufo, s. m. – Caipira, mixuango, matuto.
muganga, s. f. – Espécie de abóbora comestível.
munarca, adj. – De grande vulto, de grandes proporções. Entusiasmado, cheio de si.
munho, s. m. – Moinho.
murcega (andorinha), s. f. – A taperá.
murunduva, s. – Árvore grande de mata virgem, de madeira muito resistente.

N

nanica, s. f. – Espécie de banana, atualmente a que mais se exporta.
nas toeiras – Muito apertado, em apuros.
nervosia, s. f. – Estado nervoso, nervosismo.
nicle, s. m. – Níquel, em moeda corrente de pouco valor.
nuve' (em branca) – Sem dificuldade, sem oposição, livremente.

O

obra de – Cerca de.
obrigação, s. f. – Família.
olheiro, s. m. – Pequena abertura, no chão, por onde entra ou respira a caça encovada. Também se diz *suspiro*.
onça, adj. – Forte. Grande. Feroz.

ôndea, s. f. – Onda.

ora – *Ficar no ora veja*: vencido, inutilizado, reduzido a nada.

orelha – *Estar com a orelha em pé*: desconfiado, prevenido.

oroma, s. m. – Aroma.

osência, s. f. – Ausência.

ôta!, interj. – De admiração.

otuso, adj. – Confuso, perturbado.

P

pago, s. m. Empregado de jornal; camarada que trabalha por dia, ordinariamente. Mandatário, sob recompensa.

pagode, s. m. – Festa particular.

palhaço, s. m. – Pessoa incumbida de acompanhar e vigiar a vida e os atos de alguém. O mesmo que *pombeiro*.

panca (dar) – Fazer figura, brilhar em festas, ser admirado do público.

pancada, s. f. – Chuva forte e passageira.

pancadão, s. f. – Mulher bela e vistosa.

panema, s. m. – Paranapanema.

passage', s. f. – Ato; procedimento.

passinho (cada) – A todo instante, a cada passo.

paçoca, s. f. – Mistura de carne socada em pilão com farinha. Mistura de amendoim ou gergelim com farinha e açúcar. *Seco na paçoca*: bem disposto, decidido, valente.

pataca (de meia) – De pouco valor, de pouca importância.

patacão, s. m. – Qualquer coisa que tenha semelhanças com a antiga moeda nacional de dois mil réis: *patacão* do joelho, a rótula; *patacão* nas costas, um calombo ou inflamação de tamanho regular.

patente (de) – De muito boa qualidade.

pau, adj. – Aborrecido, mofino, cacete, peroba.

paulama, s. f. – Grande quantidade de árvores.

pauzinho furado – Canoa.

pé, s. m. – Razão, motivo. *Do pé p'r'a mão*: sem mais nem menos; sem razão.

peito, s. m. – Coragem. Quem não tem peito não toma mandinga: o fraco ou desanimado não se mete em aventuras ou perigos.

peito (ter) – Ter coragem de.

pelão, s. m. – Pé grande.

pelotada, s. f. – Insinuação.

pender, v. intr. – *Pender de sono*: estar com muito sono.

peneirar-se, v. – Mostrar-se muito alegre.

pérca, s. f. – Perda.

percurar, v. tr. – Procurar.

pereira, s. f. – Árvore de mata virgem, madeira de lei.

pertico, adv. – Pertinho de.

pesada (estar) – Achar-se grávida. Também dizem *estar gorda, estar barriguda*.

pescar, v. intr. – Toscanejar, cabecear de sono. Também se diz: *pescar traíra, pescar cada peixe!*
pessoal, s. m. – Conjunto de pessoas constituindo família, grupo, associação ou embaixada.
pingueleiro, s. m. – Criminoso habituado às armas de fogo. De *pinguela*, gatilho.
pinicão, s. m. – Beliscão.
pinicar na sombra – Estar zangado.
pintassilvo, s. m. – Pintassilgo; o de mata e capoeira, que tem o mesmo nome, é de família diferente e muito maior.
pinto (pegar) – Diz-se da mulher que procede mal.
pique, s. m. – Palavra ou ação irritante. Nica, provocação, picuinha.
piquira, s. m. – Cavalo de pequeno tamanho. Peixe miúdo. *Pegar, ferrar no piquira*: dormir.
piquitito, adj. – Muito pequeno.
pirapitinga, s. f. – Peixe de rio, não muito grande, de carne apreciada.
piricica, adj. – Desenvolto, desembaraçado.
pissuir, v. tr. – Adquirir por qualquer forma.
pisquim, s. m. – Pasquim; escrito anônimo contra alguém.
pitar, ou **pitar macaia** – Morrer.
pito – *Levar o diabo o cargueiro de pito*: dar tudo em nada.
planchear, v. intr. – Deitar-se, espichar-se de costas; acomodar-se para dormir.

poaiage, s. f. – Bobagem, tolice, coisa sem graça.
político, adj. – De relações cortadas. *Serem políticos duns anos velhos*: estarem inimizados há muitos anos.
pombo (ruço) – Cavalar ou muar inteiramente branco.
ponche – Ver formar ou armar temporal, *sem ter ponche*: não estar preparado para algum fato ou perigo.
ponham, v. – 3ª pess. pl., indic. pres. verbo pôr: põe.
porferir, v. tr. – Proferir. Falar.
portar, v. – Parar em alguma casa ou porto.
porte, s. m. – Tamanho.
póssea, s. f. – Posse. A terra de que alguém se apodera sem título algum.
praga, s. f. – Vegetação daninha, ou inútil.
prantina, s. f. – Pranto prolongado.
praticar, v. – Conversar.
preceito, s. m. – Ensino, educação, adestramento.
prepósito, s. m. – Propósito.
prestar, v. intr. – Convir, ser útil.
pretexto, s. m. – O veículo de qualquer remédio.
prosaria, s. f. – Prosa frívola, ou sem fundamento, e longa.
proveniente – Em razão de, por causa de.
pruca, s. f. – Tripeça de madeira, para assento.
puba, s. f. – Boa composição no traje. *Que até se ponha numa senhora puba*: se põe muito bem vestida.

pururuca, adj. – Quebradiço.

Q

quarteado, s. m. – Latir salteado do cachorro, quando dá com o rasto da caça.

quebra-quebra, adj. – Maneiroso. Excessivo em gestos. De andar gingado.

quebrar, v. tr. e intr. – Tomar rumo, de um lado ou de outro. *Quebrar o braço dereito*: torcer à direita.

queimado, adj. – Escuro. *Ruço queimado*: tordilho negro.

queimar, v. tr. – Matar com arma de fogo.

queimar o sangue – Aborrecer, provocar.

quero-mana, s. m. – Dança da roça e respectiva música. Por ext.: tudo quanto é doce.

quicé (taquara) – Gramínea alta, de mata e capoeira.

R

rasgar o pinho – Tocar viola. Por ext.: fazer, declaração de amor.

recadar, v. tr. – Arrecadar. Receber.

recambiar, v. intr. – Revirar, fazer voltas, curvetear.

refiar, v. tr. – Namorar com intuito de sedução.

refugão, s. m. – O ato de refugar.

refugar, v. intr. – Negar-se o animal de montaria a passar em certo ponto e, passando, baixar a cabeça (*reparar*) e desviar o corpo.

regateira, adj. – Namoradeira.
regateirage (fazer) – Namorar, dar-se a desfrute.
regulamento, s. m. – Costume, hábito.
regular, v. – Ter as faculdades mentais em bom estado. Ter importância, ter valor.
relampo, s. m. – Relâmpago.
remelexo, s. m. – Adornos, enfeites, bordaduras.
remontar, v. intr. – Subir.
reparar, v. intr. – Estranhar, entreparar por susto (diz-se do animal de montaria).
reparte, s. m. – Repartição, divisão, partilha.
repinicar, v. – Beliscar com insistência.
representar, v. intr. – Parecer.
resolvição, s. f. – Resolução.
ribancear, v. tr. – Percorrer as margens do rio.
rolista, adj. – Amigo de fazer rolos, ou levantar barulhos, briguento, rixoso.
rondar, v. – Mudar o vento de rumo.
ruço – *Montar no ruço*: ficar encalistrado, envergonhado.
rusto, adj. – Ignorante, que não sabe ler (não tem exata correspondência com o português *rústico*).

S

sambanga, s. m. – Fraco de juízo, atoleimado. Dizem também *samonga* e *sambangó*.
sapeca, s. f. – Surra, pancada.
sapeca (levado da) – Leviano, desajuizado, que dá razões à má fama.

sapituca, s. f. – Tontura. Desejo ardente.
saracutinga, s. f. – Espécie de formiga, muito ágil e rápida no mover-se.
sarandinha, s. f. – Cirandinha, espécie de dança rústica.
sarro (levado do) – Decidido, valente, animoso.
sastifação, s. f. – Satisfação.
seje – Seja.
selêncio, s. m. – Silêncio.
senhor, senhora – São palavras que servem de engrandecer o substantivo: *senhor-dão*, homem vistoso ou valente; *senhora fama*, grande fama.
senhor-dão, s. m. – Homem contente de si. Animal, coisa ou objeto de grande vulto.
sentar, v. – Assentar-se, pousar.
sentência, s. f. – Sentença.
sentido – Pôr sentido em: atentar em, prestar atenção a.
separar, v. – Separar-se.
serenar, v. intr. – Estar ou mostrar-se tranqüilo e contente.
serracimano, adj. – Natural ou morador de serra acima.
serviçama, s. f. – Acumulação de serviços penosos.
sirigaita, adj. – Mulher irrequieta, mexeriqueira, ou desajuizada.
sirrir, v. refl. – Rir-se.

soltada, s. f. – O ato de tirar a trela aos cachorros, a fim de entrarem no mato em busca de caça. Também *solta* e *solte*.
solução, s. f. – Notícia, informação.
soneira, s. f. – Amor, paixão, rabicho.
sugigar, v. tr. – Subjugar, vencer, conter.
sumana, s. f. – Semana. Também *somana*.
sumo de cana – Cachaça.
suncê – Corr. de vossa mercê.
sururucar, v. intr. – Dirigir-se apressadamente para algum ponto; fugir, esconder-se.
suspender, v. intr. – Subir. Elevar-se de tom a moda de fandango, quase ao final da dança.
suspiração, s. f. – Respiração.
suzinho e Deus – Só com Deus.
sintoma, s. m. – Sinal característico; estrutura; feitio. Ex.: o tal pass'o tinha *sintoma* de coruja.

T
talas (em) – Em apuros, em dificuldades.
tamanhiquinho, s. m. – Pequeno tamanho; estatura mínima.
tambeiro, adj. – Preguiçoso, vagabundo.
tanto – *E tanto*: muito bom; superior. Palavras que se acrescentam a outra para lhe aumentar o valor ou significação.
tapar, v. intr. – Escurecer de todo, cair a noite.
tapijara, s. m. – Conhecedor do terreno, prático da zona, vaqueano.

tenência, s. f. – Qualidade; modo de se apresentar.
tenha, tenham – Tem, têm.
tentear, v. tr. – Depois de fisgado o peixe, mantê-lo na água, ora alargando, ora estreitando a linha.
ter, v. – Haver.
terramote, s. m. – Grande barulho, rumor desusado.
tijolo (fazer) – Namorar.
tijuco (repisar) – Insistir nalgum assunto.
tilangue, s. m. – Roupa velha. Mais usado no plural.
timbuva, s. f. – Árvore corpulenta, de mata virgem, cuja madeira é aproveitada em fabrico de canoas.
tique nem taque – *Não dizer tique nem taque*: não dizer nada.
tiracol (de) – A tiracolo.
tiriba, s. f. – Ave de bico redondo. Mulher da vida.
tiririca, adj. – Zangado, arreliado, enfurecido.
tirão, s. m. – Talhão; trecho de cultivado; trato de terra.
toada (numa) – Continuadamente, sem parar.
tocar, v. intr. – Encaminhar-se para. V. refl. – Embriagar-se levemente. *Tocar uma causa ou demanda*: pleiteá-la em juízo.
toco, s. m. – Parte, ainda entranhada no solo, de um tronco de árvore cortada. Adj. – Decidido, disposto; capaz.

tom (sem som nem) – Sem jeito; descompassadamente.
tora, s. f. – Pedaço de madeira cortado ou serrado.
tórra, adj. – Turrão, teimoso.
tosar, v. tr. – Falar mal de; zombar de.
trabucar a vida – Fazer pela vida, esforçar-se no trabalho.
tramar, v. intr. – Cruzar-se, atravessar de um lado para outro.
trançar, v. intr. – Trançar-se, emaranhar-se.
tranco, s. m. – Safanão, empurrão.
trecho, s. m. – Quantidade de tempo, ou de lugar.
treme-treme, adj. – Dado a namoros, ou a leviandades; sem modos, mexe-mexe, saracutinga, fogueto.
trenzinho de relé – Indivíduo de baixa condição, de más qualidades.
treteiro, adj. – Contador de tretas, mentiroso.
trinta-e-um (bater o) – Morrer.
turina, s. f. – Mais de uma corda de viola. *Estar p'r as turinas*: zangado, encolerizado.
tutuca, s. f. – Fuzilaria; muitos tiros de arma de fogo desfechados em seguida.

U
uçu, adj. – Guaçu, grande.

V
vaivém, adj. – Insensato, leviano, mal procedido.

valo, v. – 1ª. pess. sing., do pres. do ind. do verbo *valer*: valho.
veira, s. m. – Beira (pouco usado).
vendido, adj. – Atrapalhado, confuso.
vesprar, v. intr. – Estar em vésperas ou nas proximidades de.
ver, conj. – Como, tal qual, feito, que nem.
vereda (de), loc. adv. – No mesmo instante, imediatamente.
véve – Vive.
viça-verso – Vice-verso.
vigiar, v. tr. – Procurar, campear, buscar.
vindouro, s. m. – Habitante novo de algum lugar.
viração, s. f. – Giro, movimento, viagem contínua.
virada, s. f. – O ato de virar o corpo ou alguma coisa. *Virada do dia*: o espaço que medeia entre as doze horas e a noite.
virar, v. tr. – Percorrer, atravessar. *Virar o morro*: falecer.
virá-virando – Passeando; atravessando vários lugares.
viuvinha, s . f. – Pássaro pequeno, preto, de cauda comprida.
voga, s. f. – Canoa.
voltar nos pés – Desandar, voltar pelo mesmo caminho.
votar em – Gostar de, estimar alguém ou alguma coisa.

X

xará, s. e adj. – Homônimo. *Estar muito xará de alguém ou com alguém*: de boas relações, em amizade regular.

xis (nota de) – Cédula de dez mil réis.

Z

zás-trás (num) – Num momento.

GRÁFICA
AVE-MARIA

Esta obra foi composta e impressa na indústria gráfica da
EDITORA AVE-MARIA
Estrada Comendador Orlando Grande, 88
Bairro Gramado – 06833-070 Embu, SP – Brasil
Tel.: (11) 4785-0085 • Fax: (11) 4704-2836